# 獻給孩子們
# 的詩和遠方

張鋒詩集

# 推薦序

　　從上世紀八十年代起，張鋒詩作所呈現的病態般的詩意，就已經成為第三代詩人的一枚重要標本——張鋒的黑紅色幽默（嘲弄紅色的幽默）起源於中國病態的社會心理溫床。在成年人咄咄逼人的目光下，他幾乎天生就說不出一句讚揚的話，可怕的是，這個孩子最終說出的竟然是這個世界的真相。對於中國現代詩，張鋒的價值就是一個壞小子。他肯定不是主席臺上坐著那夥的，他就是那個半夜偷偷往主席臺撒尿的壞小子。他最高興的就是怎樣千方百計把主席臺上那些假模假式的人們氣個半死。

　　　　　　——徐敬亞（中國著名朦朧詩人、著名詩歌批評家）


君子務本，本立而道生，詩亦在其中。
張鋒兄的詩，精煉、至真至純，
赤子之心，躍然紙上，頗值回味。
方今何世，邦無道，
批判現實主義詩寫者已鮮見。
這本寫給孩子們的詩集，溫柔敦厚，諄諄情懷
但對當下不堪之現實而言，依然鋒利如故，刃在其中。

　　　　　　——野夫（中國著名作家、著名公共知識分子）

　　善和正氣——雖然這字眼在當下嫌得老土，但它無疑還是人類最好的品行之一。自然流露的家國情懷，幾乎形成了一種範兒，在張鋒的文字中清晰呈現、俯仰即是。平凡的孩子也可以是憤怒的男人，真的，他的文字不是要給這個世界抹黑，而是要給這個時代點燈。

　　　　　　——李亞偉（中國第三代著名詩人、莽漢詩派創始人）


　　作為一個資深的第三代詩人，張鋒依舊保持著八十年代寫作的衝擊力和爆破力，以猛士般的戰鬥姿態闖入了當今的文學空間。從濃烈的家國情懷發展出來的熱情與憤怒在張鋒的詩裡轉化為對現實的尖銳諷刺和對未來的荒誕想像，深具正義感的社會批判與政治批判結合在一起，形成對歷史的嚴酷挑戰。張鋒在這本詩集中將過去與現在並置糅合，在古今之間的夢遊穿梭中對中國命運展開了深沉的反思。

　　　　　　　　　　　　　　　　　　　　——楊小濱
　　　　（中央研究院文哲所研究員、著名詩人、詩歌理論家）


　　指涉、揭露、諷喻、批判當代中國社會的現實，尤其是那些足夠醜陋的政治現實，通常不是中國當下的現代詩人大規模地蜂擁去投筆的雅好或義舉——一個由文學史證明瞭的事實也確實如此，現代詩歌，主要地且重要地，並不承擔指涉……政治的功能（和任務）。當常識在如此「教育」讀者

包括教育任何躍躍欲試的作者時，當這一常識甚至暢行無阻了已「去毛化」將近四十年的中國詩界時，一個極不尋常的「反常」卻始終矗立在有關「中國詩歌」和「中國政治」之勾連的常識洪流中，幾乎成了一個孤島——這個孤島的主人就是詩人張鋒。於是，孑立的詩人張鋒筆下展開了一片另類風景——在審美的意義上中國的政治詩的可能性——因著他三十多年來持之以恆的實踐，有關「中國」的「政治詩」的常識之定義正在得到無情地修正或糾正。也因此，他寫於1986年的《星期六下午的美國夢和黨風問題》，到了三十年後的今天在美學和詩學上竟格外有效。

——孟浪

（著名詩人、公共知識分子、獨立中文筆會創會人）

# 作者語

這是一個人到中年
依然像個孩子一樣寫詩的老男孩
獻給（而非僅僅寫給）孩子們的詩和遠方⋯⋯
這裡有108顆赤子之心
在字裡行間跳躍、閃爍　常常還調皮搗蛋
這個老男孩幾乎傾其所有
寫下這一行行文字
它明白如話　又深情似海
它流著淚　它滴著血
呈現了真善美　無疑也就得罪了假惡醜
他在其中的一首詩中寫道：

——孩子
在這十五的圓月之夜
你抬頭仰望星空
星星閃爍　是不是
像父親曾經明亮的雙眼
你是否看到
一個夾縫裡的帝國
夜越來越黑

星星也越來越亮

……

這本集子
你可以嘗試著去讀一讀它
它或許可以助你一臂之力
對沖那些潛伏下來的虛偽和黑暗
假大空的教育模式
從小填鴨式的灌輸
被固化在我們的頭腦和心靈中
這個一直在成長中卻拒絕長大的老男孩
希望成長中的孩子們
小學生　中學生　大學生
都可以讀一讀這些詩
它應該值得你們去讀
它。

孩子們　不信就試一試
拿起來翻幾頁？

2017.11.15 海南省海口市

# 目次

## 獻給孩子們的詩和遠方組詩

### 第一組

## 八十年代詩三首

# 獻給孩子們的詩和遠方組詩

# 第一組

## 一、白毛早已成女
### ——詠鵝／駱賓王（唐）

鵝　鵝　鵝
曲項向天歌

餓　餓　餓
彎腰泣大地

白毛浮綠水

白毛早已成女
綠水邊全是白毛女
綠水青山尚在
自由常不在
孩子
飢餓也是由此而來

紅掌撥清波

紅掌早已變成
紅色的魔掌
清波　清流　清新
一切清澈的東西
清澈見底的湖水
清澈透明的眼神
都成了傳說
你的出生之地
早已面目全非
孩子

# 二、蘆葦叢中有魔鬼
## ──蒹葭／無名氏（周）

蒹葭蒼蒼　白露為霜
所謂伊人　在水一方

孩子
如今心上人
都住在水邊
要找趕緊找
蘆葦叢中掩映著魔鬼
魔鬼會吃掉他們的靈魂

給你只留下一具具
行屍走肉
我們的國家
尤其如此

# 三、天天見面煩不煩
## ——迢迢牽牛星／無名氏（漢）

迢迢牽牛星　皎皎河漢女

看那天邊
遙不可及
彷彿又觸手可及
牛郎啊織女啊
這對不識人間煙火的
娃娃親

纖纖擢素手　札札弄機杼

我用我細長潔白的雙手
擺弄著我的織布機
孩子
你們現在還織布嗎

織而衣
不織布穿什麼呢
用樹葉遮擋住羞處嗎

終日不成章　泣涕零如雨

可是我因為思念牛郎
一天織不成一段布
一天寫不出一篇文章
眼淚像雨水一樣
落下來

河漢清且淺　相去復幾許
盈盈一水間　脈脈不得語

銀河的水又清又淺
相隔又有多遠呢
一條大河卻沒有波浪
思念在心口難開
我們古代的人啊
就是命苦
只能含情脈脈
傻傻的凝望著迢迢星河
每年只能見上一回

你們人間天天見面

煩不煩

## 四、寧願做那草原上的牛羊
—— 敕勒歌／無名氏（南北朝）

敕勒川　陰山下

陰山腳下的一馬平川

鮮卑人在放牧

看那山巒起伏

宛如草原上姑娘們的胸脯

河流蜿蜒似孩童們撒尿般

調皮　跳躍　快樂　閃爍

畫面美如一幅無價的油畫

天似穹廬　籠蓋四野

天像是一個巨大的蒙古包

籠罩著大地

很像今天的霧霾

籠罩著華北平原

天蒼蒼　野茫茫
風吹草低現牛羊

一股股溫柔的風兒吹過
一群群牛羊兒時隱時現

而現在
草木枯敗
風如刀割
稍有風吹草動
一頭豬領著一群豬
就串出來
像狗一樣叫

孩子
你們現在還小
你們哪裡知道
它們就是要把你們
馴化成豬狗那樣的非人
從幼兒園就開始了

假如我還是個孩子
我就拒絕被它們馴化
寧願做那草原上的牛羊

# 五、松下問童子
## ——尋隱者不遇／賈島（唐）

松下問童子
言師採藥去
只在此山中
雲深不知處

一棵蒼松下
我彎下腰詢問小僧童
（有人從來不向
人民和孩子彎腰）
他說師傅採藥進了山
（我好想輕輕
撫摸他稚嫩的臉蛋兒）
我在這裡煉丹呢
師傅就在此山中
但山中雲霧繚繞
不知他身在何處
不識此山真面目
只緣身在此山中
要找到採藥的師傅
也許應該
從它山進入此山

師傅在何處？
今生今世何處
是你的家園？
不妨先遁入空門
遁入深山幽谷之中
直到那棵參天古松
開口說話
再還俗也不遲

# 六、亮劍
## ──劍客／賈島（唐）

十年磨一劍
霜刃未曾試
今日把示君
誰有不平事

孩子
你賈島叔叔
他熱愛海島
所以名島
海南和臺灣
都是他的最愛

（他怎麼捨得

對臺灣同胞動用武力）

他用十個寒暑打磨的利劍

現在終於到了

亮劍的時刻

路見不平　拔劍相向

除暴安良

捨我其誰


你想要的一切美好

掃盡人間的不平

全靠這把自由之劍

它不用殺人

只要把它象徵的

自由和權利

寫進憲法並保證它實行

（臺灣已先行一步）

它的作用其實就是

時不時亮出來

嚇唬一下壞人

孩子

你不知道

現在　就是此時此刻

我們社會主義初級階段

壞人太多

# 七、賈島叔叔快醒醒
## ——題詩後／賈島（唐）

二句三年得
一吟雙淚流
知音如不賞
歸臥故山秋

孩子
賈島叔叔
不僅十年磨一劍
他寫詩
也別具風格
和一般詩人大不一樣
二句詩琢磨了三年
念一句就淚流滿面
他還很孩子氣
如果那個知音
說他的詩寫得一般
　（他有三個知己
人生得一知己足以
他其實已經很幸福）
他就一去不復返

一陣風跑回家臥倒就睡
在那高高的山崗

賈島叔叔
你要睡到何時
你要在這個壞時代
裝睡到何時
孩子們都知道
你是一個可以叫醒的人
賈島叔叔
你快醒醒
我有不平事了

# 八、拿起手機當手雷
## ——春望／杜甫（唐）

國破山河在
城春草木深

有一個國家
國尚在
山河已破碎
山河尚在

國已破敗
城市的春天
雜草叢生
草叢中爬滿了奴才
這是朝鮮的景象吧
與我們偉大的祖國
有毛關係？
至多有五毛錢的關係
我們萬里路已走了百步
他們最多是五十步
五十步那麼放肆的笑百步
誰說百步不能揍他五十步？

感時花濺淚
恨別鳥驚心

花兒怒放但流下了眼淚
鳥兒驚心動魄地
在空中徘徊
時局一天不如一天
皇帝比頭豬還無知
皇帝不急　急死人民
黑暗勢力在層層加碼
花兒和鳥兒

也感覺到這片
土地和天空的異樣
霧霾籠罩著大地
進入了人民的五臟六腑

烽火連三月
家書抵萬金

仗很快就打了起來
皇帝的新衣亮相長安
也就五個半年頭
人民忍無可忍無需再忍
該來的一定會來
該受的一定要受
苦難鍾情於這片土地
人民就與苦難為伴吧
互聯網已經被切斷
一封抵萬金的家書抵達
鼓勵我拿起手機當手雷
勇敢而無奈地投入戰鬥
草他二大爺
有時候一個人無恥
全世界都跟著受罪

白頭搔更短
渾欲不勝簪

內戰也就打了一個來月
老天有眼
這片土地上的災難
必須適可而止
她暗中下令
（此地的老天爺
雖然沒見過
但一定是個女的
男人差不多死光了）
國內奇跡般停戰
秩序很快就恢復
總得打那麼一下
歷史才得以進入一個新時代
開戰之前
我一夜之間頭髮全白
像雞毛一樣掉了一地
現在
連一個髮夾都夾不住

# 九、還是那個鳥樣
## ——浣溪沙／晏殊（宋）

一曲新詞酒一杯

去年天氣舊亭臺

夕陽西下幾時回

無可奈何花落去

似曾相識燕歸來

小園香徑獨徘徊


寫完一首新詩

先來上一杯

乾了一杯再來一杯

酒逢知己千杯不醉

旁邊得有個美女配對

去年的天氣和今年的氣候

沒什麼兩樣

大不了霧霾又多了幾十天

今年的國家比去年同期還差

一年不如一年

一天不如一天

一蟹不如一蟹

阿房宮的亭臺水榭

還是那個鳥樣

只是樹上多了
幾隻烏鴉飛來飛去
夕陽西下幾時回來
太陽這幾年都沒以前亮
無可奈何花落去
似曾相識燕不歸
我對國家已無能為力
現在看來
祖國的命運基本靠天
我的命運基本靠祖國
我和我的祖國啊
一刻也不能分離
在這首詩裡
我和我的國家
一起認命
燕子啊你們
從四面八方又飛向北平
一個個似曾相識
我在院子裡獨自
徘徊啊徘徊
認命後身心格外輕鬆
（自從得了精神病以後
整個人比從前精神多了）
這個冬天

一個小人也沒有凍死
春天倒是快要來了
但這個春天
是不是要重新開啟
已經暫停了幾十年的
階級鬥爭？


# 十、還有幾年？
## ——過天門街／白居易（唐）

雪盡終南又欲春
遙憐翠色對紅塵
千軍萬馬九衢上
回首看山無一人


終南山的雪
快要融化了
春天又要回來了
遠遠望去
此處是青翠自然
那邊是滾滾紅塵
可憐的人們啊
千軍萬馬奔湧在

通往宮殿的路上
回首望山卻無一
人

一千多年過去了
這一景象大同小異
通向官府的大路上
永遠人滿為患
去往終南山的路上
依然人煙無幾

自古官家飯好吃
年復一年
趙家今年又一年
還有幾年？

# 十一、剝了皇帝的新衣
## ——賦得古原草送別／白居易（唐）

離離原上草
一歲一枯榮
野火燒不盡

就

連

根

拔

起

春風吹又生

春風吹
有屁用

春風不是那麼容易屈服的
春風化成雨
不停的吹
直到人們覺醒
剝了皇帝的新衣
再把革命的種子埋在心底

## 十二、有錢不做好人，就是個屁
### ——對酒五首／白居易（唐）

蝸牛角上爭何事
石火光中寄此身

隨貧隨富且歡樂
不開口笑是癡人


上帝視角看下來
我們猶如窩居在蝸牛角上
蝸牛角上爭吵的
一定是些小屁蟲
人怎麼能做這種事呢
我們靈魂出竅時
其實是寄身在
石頭相撞的火花中
微若塵埃
肉身就那麼回事
誰還不是一堆肉？
（有的香有的臭？）
管它有錢沒錢
且活且找樂子吧
有錢不做好人
就是個屁
為富不仁就是
一頭豬
窮而獨善其身
才能活出點兒意思
不開口笑是癡人

我整天愁眉緊鎖
我就是一個傻子
誰能讓我開口笑呢
反正共產黨是不會
讓人民笑口常開了

# 十三、孩子，加個微信好友吧
## ——回鄉偶書／賀知章（唐）

少小離家老大回
鄉音無改鬢毛衰
兒童相見不相識
笑問客從何處來

少年時代
我就像一隻小鳥
一隻北方的慈烏
飛往南方

家鄉的方言
如今還能說上幾句
要有人和我一起說
早生了華髮

我看上去已老態龍鍾
家鄉的兒童不認識我
笑呵呵問
客從何處來啊

我本家鄉人啊
年少無知時就背井離鄉
在他鄉安家
回故鄉做客
是
我們這代人的宿命
把他鄉當成了家鄉
那感覺
現在細細品味
和認賊作父有點兒像

這個國家　這些年
在這兒生活
猶如生活在異鄉
這兒好像不是自己的祖國
常聽人說起這個國家姓趙
我一直挺納悶
我們國家不是有
百家姓嗎

孩子
別笑我一個半打老頭
我加你微信好友吧
過年了給你發個紅包
如今也只剩這個
還受人待見

我從遠方來
還得回到遠方去啊
最後能不能到天上去
現在還是未知數

# 十四、對著空氣也要大喊
## ——春有百花秋有月／慧開（宋）

春有百花秋有月
夏有涼風冬有雪
若無閒事掛心頭
便是人間好時節

如果是和平年代
春天　百花可以盛開
人們　在春天可以百家爭鳴

秋天的月亮
看上去又圓又白
像一個美麗的屁股
撒向人間的清輝
有一種自由自在的味道
炎炎夏日
傍晚會有涼風適時的吹來
冬天　雪花紛紛揚揚
多麼美
如果沒有什麼麻煩事
有也不必掛在心頭
那就是人間的好日子
是啊　是啊
人們多麼容易習慣
這明月高懸清風徐來
善良　美好　和平的日子
當天空烏雲密布　黑雲壓城
也只是回頭看看而已
心裡想著
眼前的黑暗　很快就會過去吧
為國家的未來憂慮
那都是別人的閒事
別害怕發出你的聲音
那怕對著空氣大喊

只要你還是一個人
即使面對一頭巨獸
你的聲音也有一丁點意義

任何一種
看上去微不足道的抗議
都不是毫無意義的

春花秋月　夏風冬雪
這些自然的美好氣息
如果沒有人們愉悅的心情
也會黯淡無光

你站出來說話
就是為了守護人間的好時節

# 十五、乘個巨浪去彼岸
## ——登幽州臺歌／陳子昂（唐）

前不見古人　後不見來者
念天地之悠悠
獨愴然而涕下

往前　看不見賢者
向後　望不見明君
一想到
天地之無窮無盡的
我就獨自老淚縱橫
一把鼻涕一把淚的


啊　大大
我從小收的壓歲錢
都被大人們沒收了
中飽了他們的私囊
傷害我小小的初心
這事你怎麼能不管？
再成立一個小組吧
君
要是忙不過來
這個小組的組長
我就自告奮勇了


沒收了全國的紅包
以後
哪管什麼洪水滔天
我會乘著一個巨浪
去往彼岸

那時候天地再悠悠
又管我屁事

# 十六、給中國做一個膽囊切除手術
## ——惠崇春江晚景／蘇軾（宋）

竹外桃花三兩枝
春江水暖鴨先知
蔞蒿滿地蘆芽短
正是河豚欲上時

立春的日子裡
竹林邊的桃花
已三三兩兩漸次開放
（竹林深處七賢已在旁
長眠千年）
河裡的水
吹過身旁的風
鴨兒們急忙下水
感受春天的回暖
河畔遍地生長的蘆葦
蘆芽兒剛剛冒出一點點
河豚逆流而上去產卵

也正是把魨兒們

端上餐桌的好時節

要吃天下第一鮮美之味

需要一個

治大國若烹小鮮的

頂級廚娘

先把它們體內堆積的毒素

尤其是卵巢裡的巨毒

處理得乾乾淨淨

難度不亞於

給當今中國

做一個膽囊切除手術

河豚雖鮮美

下嘴時請慢

腹中如有異樣感

請你趕緊吐出來

# 十七、總有一個姑娘會與我私奔
## ——遊園不值／葉紹翁（宋）

應憐屐齒印蒼苔

小扣柴扉久不開

春色滿園關不住

一枝紅杏出牆來

我輕輕地扣門

久不見人來開

應該是擔心我

木屐上的齒尖

踩壞了他家的青苔

滿園春色無邊

關是關不住的

總有一枝紅杏

會伸出牆來

（就像這世上

總有一個姑娘

總有一天

會和我私奔）

春天一定要來的

不管冬天多麼冷


## 十八、還是那個傻孩子
### ——絕句二首／杜甫（唐）

江碧鳥逾白

山青花欲燃

今春看又過

何日是歸年

江水開始泛綠

鳥兒的羽毛愈顯雪白

青山綠水之間

花兒怒放如燃燒一般

今年之春

眼看著開始

眼看著結束

春天總是來去匆匆

我這個

天地之間的浪子

何時可以心安得

回到故鄉

我的故鄉啊

江山易改

你可還是我

夢中的模樣？

我本性難移

還是那個傻孩子


# 十九、寬窄巷子人如蟻
## ——春夜喜雨／杜甫（唐）

好雨知時節

當春乃發生

隨風潛入夜
潤物細無聲
野徑雲俱黑
江船火獨明
曉看紅濕處
花重錦官城

春天裡
好雨總是適時地下起
萬物復甦的季節
雨兒隨著風兒
在夜裡輕輕的
潛入千家萬戶
滋潤萬物悄無聲息
像個偷偷做好事的
正人君子

荒山野徑上
黑雲層層疊疊
錦江上的船兒
燈火通明
明早晨起
那潮濕的泥土上
一定落滿了紅色的花瓣
錦官城的大街小巷

將是一片萬紫千紅
昔日繁花盛開的
錦官城已一去不返
如今的成都城啊
如今已是愁無數
霧霾籠罩下
滿城盡聞麻將聲
寬窄巷子人如螞蟻搬家
彷彿末日來臨前
最後趕個大集
　（其實有時候
我喜歡這人間的熙來攘往）
天府之國
你這國中之國
再次淪落為不知何物


## 二十、清王朝搖搖欲墜／張鋒（當代）

據新華社消息
今日立春，
全國大部氣溫回升
7日起冷空氣再襲中東部
天文專家說

2月3日立春非常罕見
亦屬不可描述現象
上一次發生在120年前
農曆丁酉年雞年
清光緒二十三年
1897清朝末年
外強入侵內亂紛起
神州大地內憂外患
人民不想再這麼活下去了
中國社會動盪不安
清王朝的統治
搖搖欲墜。

# 二十一、清晨上山去採野花
## ——贈范曄／陸凱（南朝宋）

折花逢驛使
寄與隴頭人
江南無所有
聊贈一枝春

春天又回來了
（人們都在述說

黑暗的時候
除了述說
我還在默默祈禱）
我在一夜噩夢驚醒後
清晨上山去採野花
驅驅邪氣
恰好碰到了郵差
我靈機一動
把一首詩
一枝梅花
一段思念
一起裝入一個大信封
寄給遠在隴山的友人
捎去江南春天的問候
友人啊
江南雖富庶
但兵荒馬亂的
也沒有什麼
像樣的東西
可以寄過去
南北朝隔江而治
他們也不讓我寄
啊
如今大陸和臺灣

隔海相望好多年
我也不知道究竟
怎麼辦
大陸主動寄一枝梅花
或者
兩岸互相寄一束玫瑰
能不能換來一個春天


# 二十二、長江之水往西流
## ——山中／王勃（唐）

長江悲已滯
萬里念將歸
況屬高風晚
山山黃葉飛

深秋初冬
寒鴉萬點
風雨如晦　雞鳴不得
落日餘暉下
長江因為悲傷
而不再東流去
（一言不合　就向西流）

我萬里之外的家鄉
念念不忘
不知何時才能歸去
秋風秋雨
陣陣悲涼
山山水水
枯葉凋零
我的祖國
你千年以後
為什麼還是這個
鳥樣
長江要往西流了
三峽大壩為什麼
不可以主動拆掉
拆下來的鋼筋混凝土
重建一個圓明新園？

# 二十三、平生所好唯女子大腿
## ——送杜少府之任蜀州／王勃（唐）

城闕輔三秦
風煙望五津
與君離別意

同是宦遊人
海內存知己
天涯若比鄰
無為在歧路
兒女共沾巾

關中大平原
三秦大地拱衛著
長安城
看似固若金湯
其實不堪安祿山的一擊
登山望遠
風煙迷茫中
岷江的五個渡口
依稀可見
與君一別相見無期
宦海沉浮凶多吉少
各自珍重吧老朋友
（即使是貪了些銀兩
也不要隨便跳樓
雖然自己結束自己
是個接近偉大的事情）
天下有你這麼個知己
就等於我

天下至少有一個情人
即使遠隔天涯
心也近在咫尺
你志向高潔
你天生的氣節
不允許你胡來
（即使天下
儼然已成一口大染缸）
我期待著我們
再見的那一天
互相詢問後
一片冰心還在玉壺
所以我們今天不能
在一個岔路口告別
也不能讓眼淚打濕
我們的佩巾和手絹
今天雞年初八
假期結束開始上朝
我們還得拚命
相約下一個春天
一起去長安
看姑娘們的
肉體和靈魂
你看靈魂深處

我看大腿內側
平生所好
唯女子大腿
勝過世上的
一切榮華富貴

# 二十四、一堆稻草人和惡犬
## ——感遇／張九齡（唐）

蘭葉春葳蕤
桂華秋皎潔
欣欣此生意
自爾為佳節
誰知林棲者
聞風坐相悅
草木有本心
何求美人折

蘭葉草在春天
美得紛紛揚揚
桂花在秋天
皎潔如明月
天生就欣欣向榮

麗質天生難自棄
美景自是良辰
自己把自己過成佳節
林中的靜修者
聞風而動
想和人家兩情相悅
草木有本心
不稀罕美人的青睞
潔身自愛
初心不改
拒絕亂七八糟的人
前來求歡

我們這裡現在是
草木皆兵
一堆稻草人和惡犬
說它們沒忘初心
人民早已萬念俱疲
乾等著成灰
九齡兄
你一定不想
生在這樣一個時代

# 二十五、手捧著自己送上門給你

## ──望月懷遠／張九齡（唐）

海上生明月

天涯共此時

情人怨遙夜

竟夕起相思

滅燭憐光滿

披衣覺露滋

不堪盈手贈

還寢夢佳期


一輪明月從海上升起

你我天各一方

看到的是同一個月亮

漫漫長夜　我整夜思念你

我的情人

月光撒滿我的閨房

吹熄未燃盡的紅燭

披衣起身露水打濕

我美麗的衣裳

恨不能手捧著自己

送上門給你

我們這裡的快遞業
沒有開通深夜
送人上門服務
只能在夢中一夜偷歡
這一段露水情緣
還能堅持多久

九齡老師　你的情人
她寂寞的時候
一個海上升明月
月光撒滿街頭的
深夜
你又不在她身旁
我是否可以和她
深夜飲酒
「每一次碰杯都是
中國夢碎的聲音」
那一夜我會好好
珍惜她
第二天完璧歸趙
反正這裡的
一切都姓趙
趙家就是國家

# 二十六、這把刀在春天依然寒光閃閃
## ——涼州詞／王之渙（唐）

黃河遠上白雲間

一片孤城萬仞山

羌笛何須怨楊柳

春風不度玉門關


黃河之水天上來

極目遠眺

彷彿穿越悠悠白雲

一路奔流到

玉門關

這萬仞山旁的

一座孤城

彷彿一個孤世的英雄

悠悠羌笛

何須抱怨楊柳依依

春寒料峭像一把刀

溫暖的風兒

依舊吹不到這裡

之渙兄

千把年過去了

這把刀在春天
依然寒光閃閃
每年都要殺幾個人
測試它的鋒芒
春風啊
多少罪惡
假汝之名

## 二十七、使出下蛋的勁叫出個明天？
### ——春曉／孟浩然（唐）

春眠不覺曉
處處聞啼鳥
夜來風雨聲
花落知多少

人們在
春天容易犯睏
夜裡會睡得踏實
沒做壞事的人們
不怕鬼來敲門
清晨天剛剛亮
早起的鳥兒們

吃飽了蟲兒就
嘰嘰喳喳叫個不停
昨夜的陣陣風雨
吹落了多少花香

一年之計在於春
雞年之計在於叫
風雨如晦
雞鳴不已
讓我們的
鳥兒和雞兒
使勁兒叫
使出下蛋的勁
一起叫出一個
明天？
春曉不再眠
處處聞雞鳴

## 二十八、喝點兒小酒，罵罵朝廷
### ──過故人莊／孟浩然（唐）

故人具雞黍
邀我至田家

綠樹村邊合
青山郭外斜
開軒面場圃
把酒話桑麻
待到重陽日
還來就菊花

春天一到
從冬眠中甦醒過來
老朋友們一定要聚聚
喝點兒小酒
罵罵朝廷
從古至今
皇上其實是人民
最過癮的
一盤下酒菜
吃飽穿暖之外
人民總得自己找樂
才能活得下去

一個朋友殺了只雞
還有豬頭肉
準備了黃米油炸糕
（這可是古代的大餐）

盛情相邀
前往他的田園之家

綠樹成蔭環繞著村莊
青山蒼翠橫臥在村外
推窗可見果園和穀場
老友們把酒相談甚歡
共話柴米油鹽桑麻
興致盎然時又
相約重陽佳節
再來共賞菊花

天地有良心
可養人間浩然正氣
天地不仁
以萬物為芻狗

浩然兄
你的浩然之氣
田園情懷
寫入唐詩綿綿不絕
可以讓我們
在千年後一個春天
就著它
喝下一杯小酒

# 二十九、飲下這葡萄美酒恰似飲鴆止渴
## ——涼州詞／王翰（唐）

葡萄美酒夜光杯

欲飲琵琶馬上催

醉臥沙場君莫笑

古來征戰幾人回


古往今來前赴後繼

士兵生來就是炮灰

一將功成萬骨枯

一國之君萬民陪葬

且用這白天也會

閃閃發亮的夜光杯

飲下這葡萄美酒

恰似飲鴆止渴

假如我醉臥沙場

被敵人一劍封喉

就讓我一醉方休

醉臥紅塵的諸君且

莫笑

誰會理睬我們

炮灰的憂傷和幻滅

怎麼死不是死

馬革裹屍

視死如歸只是一個

古老的傳說

不想死也得死

是兵人的宿命

不想活也得活

好死不如賴活

是你們賤民的宿命

每死亡一個士兵

皇上被起義者砍頭的危險

就減少百分之一


# 三十、達也不濟天下
## ──芙蓉樓送辛漸／王昌齡（唐）

寒雨連江夜入吳

平明送客楚山孤

洛陽親友如相問

一片冰心在玉壺

寒冷的雨水

拍打著江岸

也拍打著我

吳楚之地並不關心

一個人

來了還是走了

一大早送友歸鄉

轉身看見

山巒疊嶂孤獨的起伏

洛陽親友如果詢問

我如今發了沒有

就說我依然一貧如洗

窮則獨善其身

達也不濟天下

天下於我

雞巴關係

# 三十一、只差了我這個無法回頭的浪子

## ——九月九日憶山東兄弟／王維（唐）

獨在異鄉為異客

每逢佳節倍思親

遙知兄弟登高處
遍插茱萸少一人

獨自一人
在異鄉漂泊
故鄉
已漸漸成為他鄉
每逢過年過節
大地彷彿就分外妖嬈
我就格外的思念
遠方的親朋好友
（這思念如此悲涼）
99重陽節
兄弟們登高望遠
茱萸花插滿了頭
只差了我這個
背井離鄉
無法回頭的浪子

父母在　不遠遊
我卻逃離了
故鄉已徒有虛名
山河正在破碎中
理想國在彼岸

有人操碎了心
大地已售出三分之二
十年後再登高
滿目荒蕪
再找不到一朵野花
可以插在頭上

# 三十二、七零八落的老友們
## ——送元二使安西／王維（唐）

渭城朝雨浥輕塵
客舍青青柳色新
勸君更盡一杯酒
西出陽關無故人

一場朝雨過後
渭城空氣清新
塵土不再飛楊
客舍青青
顯得格外耀眼
楊柳依依
泛著春天般的新鮮
勸君乾了這杯

再來一杯
西出陽關後
再也見不到
一個老朋友

君西出陽關後
幾十年下來
老友們七零八落
（千年的專制依舊
人物命運大同小異）
不是形同雞肋
就是形同陌路
其餘幾個
一個是五毛
一個是毛糞
兩三個已經
從這世上走了
一個民族也
常常這樣敗於宿命

# 三十三、君一定在幹件大事
## ──山中送別／王維（唐）

山中相送罷
日暮掩柴扉
春草年年綠
王孫歸不歸

年前皇上穿上新衣後
朝上建言概不聽
我小隱
隱於山林
老友來探望
送別吾友後
輕掩柴扉時
（依稀看見淵明）
春草年年披綠
君何時再來？

相約
如果明年的
草不綠
君一定在幹件大事

我在山中
靜候佳音

# 三十四、皇上的新衣和婆姨
## ——雜詩／王維（唐）

君自故鄉來
應知故鄉事
來日綺窗前
寒梅著花未

君從故鄉歸來
一定知道家鄉的事情
你出來的那天
我家窗前的那株寒梅
開花未？

另外
聽說家鄉的黎民
家中都已掛滿皇上
穿上新衣和他婆姨
並肩攜手秀恩愛的
大照片

傳說是個明君

這我就放心了

咱家的那株寒梅

一定會在冬天裡的

某個日子

怒放

# 三十五、一個潦倒的大英雄
## ──靜夜思／李白（唐）

床前明月光

疑是地上霜

舉頭望明月

低頭思故鄉

月圓之夜

人多情

有人深情

明月照人

清風拂面

地上明亮如霜

抬頭望月

低頭思鄉
有家如今難回
就像
如今有國難投
我不過是唐朝
一個潦倒的
大英雄

明月啊你
為何還要照溝渠
卿本佳人
眼看著朝廷如此
亂來
你們為何
還打算忍受下去？

## 三十六、只有一座山願意懂我
### ——獨坐敬亭山／李白（唐）

眾鳥高飛盡

孤雲獨去閒

相看兩不厭

只有敬亭山

群鳥紛飛
飛往天際
一片孤雲來來回回
像一個詩人在天上
徘徊
（唐朝時
你想上天是可以的
天是藍的
雲是白的
天也不姓李）
君看我　我看君
相看日久生情的
只有我和君
眼前的這座
敬亭山

這曠世的情懷
只有一座山
願意懂我

這亙古的混沌
聽說有一個人
打算帶著庶民
重溫舊夢

# 三十七、李白大師兄　你走後千年
## ——夜宿山寺／李白（唐）

危樓高百尺
手可摘星辰
不敢高聲語
恐驚天上人

夜訪高山寺
山頂離天近
伸手可以摘下星辰
星星眨眼彷彿示意
我可以動手
我們悄悄的耳語
唯恐驚了
天上人間的妙人兒

李白大師兄
（套個近乎我也寫詩）
你走後千年
如今那天上的
星辰和那些天人
一場天火之後

再也沒見過他們
眷顧此地

顯然他們在這兒
只認你
你的詩能通天
當年比唐太宗管用
當今世上那些
形而下的皇上
只能望塵莫及

作為一顆恆星
你無時無刻不在
為人間點燈中

# 三十八、三萬尺的瀑布沒了
## ——望廬山瀑布／李白（唐）

日照香爐生紫煙
遙看瀑布掛前川
飛流直下三千尺
疑是銀河落九天

日照廬山
香爐峰
裊裊生起紫煙
遠眺山巒疊嶂
瀑布如一條長河
掛在山前
從三萬尺的峰頂
飛流直下
彷彿銀河
從九重天
紛紛揚揚
墜落人間

李兄　後來
三萬尺的瀑布沒了
山河易改
本性難移
古人沒了
後人繼續折磨
這大好河山
不用太久
山會被愚公
又搬回人民頭上

今年雞年
一人得到仙丹後
獨吞
他把剩下的藥渣
汲在後院
雞犬爭食
想跟著那頭豬
一起升天

# 三十九、霧霾成了最牛逼的春色
## ——早春呈水部張十八員外／韓愈
## （唐）

天街小雨潤如酥　草色遙看近卻無
最是一年春好處　絕勝煙柳滿皇都

天子腳下的街道
春雨絲絲縷縷
細膩滋潤如剛出鍋的
豬油一般
遙望草色青青
連綿成片
近看卻稀稀瀝瀝

這是一年中最
牛逼的春色
遠遠勝過帝都
滿街煙柳的時候
如今安在
霧霾要代表天壓下來
十年後的帝都
何去何從
今日雨水
此地無雨

2017.01.18至02.18 海南島

# 第二組

## 一、極權國家常有美人
### ──永遇樂／李清照（宋）

落日熔金　暮雲合璧　人在何處
染柳煙濃　吹梅笛怨　春意知幾許
元宵佳節　融和天氣　次第豈無風雨
來相召　香車寶馬　謝他酒朋詩侶

中州盛日　閨門多暇　記得偏重三五
鋪翠冠兒　撚金雪柳　簇帶爭濟楚
如今憔悴　風鬟霜鬢　怕夜間出去
不如向　簾兒底下　聽人笑語

落日餘暉　金光璀璨　彷彿熔化的金水
暮雲繽紛　五彩斑斕　猶如合璧的美玉
美景當前　我如今又置身於何處？
新生柳葉染綠　如點點煙雲
往事如煙難追
梅花落的笛聲中　歲月悠悠
含著幽怨
春意闌珊　姍姍來遲

元宵佳節　風和日麗
誰知近日風雨會不會
從天而降　平地起風波
詩朋酒友們　從四面八方趕來
香車　寶馬　美人兒
看著你們　我心歡喜
我心也悲傷


一個大國
一分為二或四分五裂
大國的人們一時無法自拔
先苟且偷生再圖謀新生
其實歷史早已告訴歷史
合久必分　分久必合
是
歷史他家的真理


回想中原盛世　汴京繁華
人多閒暇　春天裡　人們非常注重正月十五
女人們冠戴金銀翡翠　身披彩鳳雪柳
打扮得花枝招展
那時的元宵節真是快樂
如今山河破碎　容顏憔悴不堪
髮如大風吹過　終日懶梳妝　更怕夜間出門

兵荒馬亂人心惶
新皇登基野心脹　如此這般那般
花樣翻新　卻了無生機　恰是
稚子弄冰玻璃碎
不如　門簾底下站一會兒
聽聽他人歡聲笑語　也罷

清照大姐　美麗大方　憂傷
憂國憂民　心淒涼　在詞中
她留下了千古絕唱
商女不知亡國恨　隔江猶唱
後庭花
詩女要知亡國恨
男人位卑未敢忘憂國
女人談情說愛不忘國
男歡女愛不忘初心
心懷天下
憂國憂民
家國情懷
讓女人　更美　更惹人憐愛
荷花出污泥而不染
極權國家常常
有靈魂和肉體
美到天昏地暗的佳人
遺世而獨立

# 二、不要從枝頭折下我

## ──卜算子／陸游（宋）

驛外斷橋邊　寂寞開無主

已是黃昏獨自愁　更著風和雨

無意苦爭春　一任群芳妒

零落成泥碾作塵　只有香如故


驛站外的斷橋邊

一樹梅花在盛開

但沒有主人

一朵花沒有主子

才是真正的自由之花

黃昏時分獨自愁

風雨還無情地吹打

我本無意爭芳鬥豔

任它們去嫉妒

我從小就知道

花中也有

君子和小人之別

花瓣飄零碎成泥

芳香依然如故

天生麗質

天生自生自滅

我開花不為任何人
但
不要從枝頭折下我
那樣
得到的只是我的枯萎
如你們人世常見的
行屍走肉

# 三、去宋朝尋到她
## ——卜算子／朱敦儒（宋）

古澗一枝梅　免被園林鎖
路遠山深不怕寒　似共春相趁
幽思有誰知　托契都難可
獨自風流獨自香　明月來尋我

古老的山澗溪流旁
一枝梅花迎風怒放
倖免被囚禁於人間
遠離塵囂　深山　老林
不畏嚴寒冬日
和春天一起綻放
躲開人世的嘈雜

幽思無人知　歌罷滿身香
此生不再託付於誰
獨自風流獨自香
明月清風來尋我

現世污濁
這支梅花
我要和明月去宋朝
尋到她

# 四、曾經閃亮的父親的雙眼
## ——生查子／歐陽修（宋）

去年元夜時　花市燈如晝
月上柳梢頭　人約黃昏後
今年元夜時　月與燈依舊
不見去年人　淚濕春衫袖

去年元宵節
夜晚的燈市璀璨如白晝
月兒在柳梢枝頭
探頭探腦偷看我們
親嘴

那時月亮代表我的心
也代表她的心
我和心上的人兒相約
在帝國的黃昏

今年元宵節
明月清風依舊
燈市璀璨依舊
去年的那個人
卻不見蹤影
淚兒濕透了我
春衫的衣袖
月亮依舊代表我的心
她的心掙扎了一年後
已託付給一個帝國的
公務人員

我
這個經常在月圓之夜
在夢中做帝國掘墓人的人
很少有婆姨和我同甘共苦
孩子
在這十五圓月之夜
你抬頭仰望星空的時候

星星閃爍
是不是像父親曾經閃亮的
雙眼
你是否看到
一個夾縫裡的帝國
夜越來越黑
星星也越來越亮

# 五、月黑風高好殺豬
## ──聲聲慢／李清照（宋）

尋尋覓覓　冷冷清清　淒淒慘慘戚戚
乍暖還寒時候　最難將息　三杯兩盞淡酒
怎敵他　晚來風急　雁過也　正傷心
卻是舊時相識

滿地黃花堆積　憔悴損　如今有誰堪摘
守著窗兒　獨自怎生得黑　梧桐更兼細雨
到黃昏　點點滴滴　這次第　怎一個愁字了得

逝者如斯
失去的一切能找回嗎
回想青春彷彿一場夢

這個秋天
我尋尋覓覓
人間煙火　冷冷清清
心　淒淒慘慘戚戚
一國乍暖還寒時候
身體和靈魂
最難將就
月黑風高夜
（這種夜好殺豬）
三杯兩杯淡酒
不解決問題啊　可如何是好
一隊大雁此時飛過
應該是去年的那一群吧
也算是
天空中有老友在飄

遍地菊花　紛飛　飄零
憔悴堪比人
如今有哪一朵會被收起
落花有意　人間無情
我守在窗戶邊上
獨自如何面對
這夜幕一點一點下來
梧桐細雨落葉翻飛

黃昏時分人惆悵
湧上心頭的點點滴滴
此情此景
怎一個愁字了得

人間愁無數
這
天生的苦難鍾情之地
一愁千年
一籌莫展

孩子　你長大後
是想當皇上
還是做一個勇敢的詩人
在一行行文字中
敢把皇帝拉下馬？

# 六、丫頭，知否　知否？
## ——如夢令／李清照（宋）

昨夜雨疏風驟　濃睡不消殘酒
試問捲簾人　卻道海棠依舊
知否　知否　應是綠肥紅瘦

春天
昨夜的風很大很急
（風聲大雨點小）
雨倒是淅淅瀝瀝
身上的酒還沒有完全消散
清晨睡眼朦朧
問家中的丫鬟
昨夜院子裡風吹可有花落
卻道海棠依舊

丫頭正是懷春的時候
什麼事都是懵懵懂懂
丫頭　你知道不　知道不
應該是綠葉肥了
紅花瘦了

今年春天的兩件大事
就這樣擺上了案頭
先把丫鬟嫁了
清明節再去看一眼
明誠兄　然後
我是不是該再尋個夫婿？

宋朝沒落　詞人跟著不幸
二婚遇人不淑
從此以後鬱鬱寡歡
直至客死江南

# 七、別急著脫下褲子
## ──一剪梅／李清照（宋）

紅藕香殘玉簟秋　輕解羅裳　獨上蘭舟
雲中誰寄錦書來　雁字回時　月滿西樓
花自飄零水自流　一種相思　兩處閒愁
此情無計可消除　才下眉頭　卻上心頭

我多想
吞梅嚼雪
不食人間煙火
室外
荷花凋零香已殞
室內竹席涼如玉
秋意深　涼如水
我輕輕解下薄紗羅裙
獨自泛一葉蘭舟
仰望天空

雲中彷彿有人漫步
今日有誰把情書寄出
大雁一字南歸
月光憂傷
灑滿西樓

花兒獨自漂零
水兒也一樣
一種相思
兩地離愁
你在遠方還好嗎
號稱盛世其實不然
人難得情到深處
又孤獨又迷離又清醒
這份刻骨銘心
眉頭才落
又上心頭
無計可消除

情人
如果互相不思念
就象宋朝末年的
一個謀反少年

三天不寫反詩
就成行屍走肉
如果
三天三夜不思念
情人就成陌路人
又像某個當代國家
有人在北平
悶聲發大財
有人在河南
低頭不說話
一個在天涯海角
苦苦思念
一個在西雙版納
天天滾床單
滾床單的給我
滾下來

一枝梅獨秀
折得
但人間天上
沒個人堪寄

問世間情為何物
直教人生死不許

孩子
別急著脫下褲子
就算今天是情人節

其實
我是一隻思鄉的
布穀鳥
叫了一千年了
也沒叫醒附近的
那一群麻雀
但這樣的日子
怎能不布穀幾聲

# 八、明天就在這酒裡
## ——菩薩蠻／韋莊（唐）

勸君今夜須沈醉
樽前莫話明朝事
珍重主人心　酒深情亦深
須愁春漏短　莫訴金杯滿
遇酒且呵呵　人生能幾何

哥們兒你今晚
一定要一醉方休
（這樣
春天裡
才會有人來愛你）
酒杯前絕不提明天的鳥事
（這個國家
已沒有什麼明天）
你的明天就在這酒裡

一次次斟滿你的酒杯
那是主人報國無門
把你當成了他的祖國
（這人奇怪
總得有個東西要愛）
春夜太短暫
人生也如此
遇上酒就呵呵
吧

乾了這杯
酒壯朝鮮人民的膽
（也壯別國人民的膽）
宰了這豬一樣的國
豬頭肉恰好下酒

# 九、一直唱到星光稀微
## ——下終南山過斛斯山人宿置酒／李白（唐）

　暮從碧山下　　山月隨人歸
　卻顧所來徑　　蒼蒼橫翠微
　相攜及田家　　童稚開荊扉
　綠竹入幽徑　　青蘿拂行衣
　歡言得所憩　　美酒聊共揮
　長歌吟松風　　曲盡河星稀
　我醉君復樂　　陶然共忘機


暮色漸近為蒼茫
眼看著它從碧綠的山上
下來
終南山頂的月亮彷彿
隨著人們回到院子的上空
回頭再望來時的山間小徑
山色蒼蒼一片青翠
孩童打開他家的柴門
來到斛斯山人的家中
穿過一片竹林幽徑
青蘿的枝葉拂過我的衣衫
與主人傾心交談
把酒言歡

美酒一杯歌一曲
長歌當吟風入松
一直唱到星光稀微
天將破曉
我醉了君亦開心
全然忘卻了人間煙火
直把人間當作天堂

自古詩人皆寂寞
惟有飲酒的人青史留名
幾杯下肚
一個詩人或幾個詩人

直把秦國當唐朝
直把今朝作唐朝
直把杭州作汴州
直把中國作米國

## 十、促織鳴
——促織／杜甫（唐）

促織甚微細　哀音何動人
草根吟不穩　床下夜相親

久客得無淚　放妻難及晨
悲絲與急管　感激異天真

秋天
蟋蟀的叫聲十分細微
但哀婉的聲音何其動人
草叢中它的叫聲顯得不安
夜裡它來到我的床下
和另一隻蟋蟀相親相愛
叫聲中
交織著一種淡淡的憂傷
客居異鄉的我
怎能不聞聲而淚下
和
那些被遺棄的婦人和寡婦
一樣難以安睡到天明
那些哀婉的絲樂和激昂的管樂
都不如蟋蟀
這天籟般的歌喉來得動人

這蟋蟀的叫聲
在遊子們思鄉的時候
比人的聲音更纏綿動人
但這些可憐的小生靈

在人類的眼裡
往往一錢不值

恰如
老杜在當朝皇上的眼裡
恰如老杜千年之後
趙國的黎民百姓
在趙家人的眼裡
不過是一隻隻
促織
它們哀婉的叫聲
只能打動幾個詩人而已

# 十一、哥哥你走西口
## ——相思／王維（唐）

紅豆生南國　春來發幾枝
願君多採擷　此物最相思

紅豆樹生長在南方
春天來的時候
她的枝葉就開始生發
君若來到了南方

不妨多採擷幾枝
這小小的紅豆
最能代表相思之情

這是一首乾淨到
不可描述的情詩
王維留給人類的禮物
我來和一首民謠

哥哥你走西口*
小妹妹我實在難留
妹妹我只能把
自己身上的幾根卷毛毛
揪下來塞到哥哥的
手裡頭

哥哥你一路走好
此物更相思
你到了內蒙以後
可以把它們捧在手心
睹物思人

*走西口：近代陝西、山西、河北等地人口向北遷移
　到內蒙及外蒙。

# 十二、包子比餃子好吃
## ——賈生／李商隱（唐）

宣室求賢訪逐臣
賈生才調更無倫
可憐夜半虛前席
不問蒼生問鬼神


據說
漢文帝求賢若渴
（他自以為的賢）
宣示召見被貶逐的臣子
賈生才情橫溢無與倫比
與文帝促膝相談至深更
只是文帝盡問鬼神之道
隻字不提天下蒼生之事


帝王將相寧有種乎
我當上皇帝後
一張大餅臉變瘦了
舊貌換新顏
你說我有沒有種乎

我的治國之道很樸素

就是讓人民有包子吃

並且

告訴他們餃子不好吃


# 十三、一個蒼蠅也沒射中
## ——塞下曲／盧綸（唐）


林暗草驚風　將軍夜引弓

平明尋白羽　沒在石棱中


林中深處昏暗無邊

風吹草動令人驚心

以為一隻大老虎

隱沒在草叢中

將軍夜裡彎弓射箭

射向宇宙超級真理的深處

第二天漫山遍野

尋找帶著白色羽毛的箭頭

發現箭頭深深的射入一塊

石頭中

連一個蒼蠅

也沒有射中

# 十四、牲口圈裡寫詩的酒鬼
## ——贈汪倫／李白（唐）

李白乘舟將欲行
忽聞岸上踏歌聲
桃花潭水深千尺
不及汪倫送我情

我　李白　一個唐朝人
一個天生的浪子
乘著一葉小舟要去遠行
岸上忽然傳來
一陣嘹亮的踏歌聲
桃花潭水深千尺啊
汪倫對我的深情
至少也有1001尺

小舟漂泊
在大江大河大湖
粗服亂頭
難掩他李哥那天賦的
國色天香

唐朝呵

我擁有過你嗎

國家有時候就是

一頭不可描述的牲口

但這頭畜牲的眼裡

人民才是一匹匹牲口


即使我是李白

在這頭牲口的圈裡

也只能做一個寫詩的酒鬼

唐太宗啊

你擁有過千古一人的

李白嗎


# 十五、徘徊在十字渡口的唐朝少年
## ——二月二日／白居易（唐）


二月二日新雨晴

草芽菜甲一時生

輕衫細馬春年少

十字津頭一字行

二月初二
新雨初霽
小草破土而出
田畦裡的菜蔬
也生出了嫩芽
春衫單薄的後生們
牽著駿馬
朝十字渡口
排成一字徐徐前行

這隊衣衫單薄的
唐朝少年
會不會
一直到今天
等在渡口還
沒有上船

二月二
抬頭望一下宇宙
順便問一下龍
趁它抬頭的時候
我再去渡口
瞅瞅

少年們是不是還在
那個人世間的
十字渡口
徘徊？

2017.02.14至27農曆二月初二

# 第三組

## 一、山西之黑
### ——除夜太原寒甚/於謙（明代）

寄語天涯客
輕寒底用愁
春風來不遠
只在屋東頭

寄情於山水間的
天涯倦客們
我的兄弟們
輕微的寒流
不用愁眉苦臉
（我見過地凍三丈）
春風已上路
我看見它
就在屋子的東頭
打轉

太原
比往年異常寒冷

山西這地方

多年後會長出很多

煤老闆和貪官污吏

他們內心

深藏不露

挖出來的

全是炭一樣的黑暗

煤炭多的地方

黑暗也多

光明千百萬年

被掩埋於地下

2017.02.27

## 二、說好的春雷呢
### ——題春雷出蟄圖／王世貞（明）

一夜春雷發　群蟄自相語

神龍豈不勞　人間要春雨

一夜間春雷從無到有

劈空閃現

牛鬼蛇神們鑽出地面

交頭接耳
神龍在天豈可無所作為
人間正等著春雨如膏呢

今日節氣驚蟄
但沒聽到驚雷滾滾
說好的春雷呢

它一定在別處響起
它也許隨著雷洋
於去年5月7日
離開了此生此地

蟄伏已久的
虎狼豺豹們
又相約3月初
破土而出

對於中國人來說
生活總是在別處
生命總是在別處
自由也是

吃下一隻梨*

開始背井離鄉吧

趁著春天好出發


*驚蟄吃梨，此地風俗。

2017.03.05驚蟄


# 三、一寸相思一寸灰
## ——無題／李商隱（唐）


颯颯東風細雨來

芙蓉塘外有輕雷

金蟾齧鎖燒香入

玉虎牽絲汲井回

賈氏窺簾韓掾少

宓妃留枕魏王才

春心莫共花爭發

一寸相思一寸灰


東風颯颯　送來

陣陣細雨

細雨綿綿

引來陣陣春雷

春雷殷殷響起
恰似君之車音
由遠及近
已到了屋外的荷塘
金蟾輕齧的香爐
飄出陣陣清香撲鼻
輕輕轉動玉虎轆轤
可以汲水上來
濕透了我全身
賈氏隔簾偷窺
韓壽的英姿勃勃
曹植七步成詩的文采翩翩
讓宮裡的女人們
摀住嘴巴尖叫
宓妃躲在被窩裡
準備了一堆玉枕

春心可以蕩漾
但不要像花一樣開放
一寸相思
會燒成一寸灰
老娘一年一度
就在今日開放一回
急死那些臭男人

如今好男人越來越少
上帝
也不會在他們中間復活
拯救這片土地也許就靠
女神了
女神節日快樂！

2017.03.08

# 四、哎　遲早都是那一把土
## ——異鄉／王冕（元）

東山西山生白雲
異鄉那忍見殘春
野蒿得雨長過樹
海燕隔花輕笑人
每是閉門疏世事
何曾借酒惱比鄰
過從時有相嗔怪
不解潛夫意思真

東山西山
四面環山
白雲在頭頂上悠悠

歲月在生命中無情
異鄉人那能見得了
這春天最後的氣息
野蒿得了雨像個傻子
一樣長得高過了大樹
（比我還傻乎乎）
幾隻海燕從海邊飛過來
隔著花叢輕輕地嗤笑我

我每每閉門不聞窗外事
（天下事與我毛關係？）
有時候借酒澆澆愁
何曾打擾過鄰居
家裡的僕從
有時候還責怪我
他們哪裡知道
老夫心底的悲哀
元朝氣數將盡了

我像海南島一樣孤懸海外
獨在異鄉三十年
少年已成中年傻
已認它鄉作家鄉
老娘已是風中燭

六千裡外淚滿目
滄海桑田又滄海
一草
一木
一人
所有人
來於塵　歸於塵
遲早都是
那一把土

但誰知道
這個國究其何去何從
他們每年一開兩會就
集中暴露這個國家已
病入膏肓

2017.03.09

# 五、有人請我喝了一罐西北風
## ──感懷示兒輩／辛棄疾（宋）

窮處幽人樂
徂年烈士悲
歸田曾有志

責子且無詩
舊恨王夷甫
新交蔡克兒
淵明去我久
此意有誰知

窮困不潦倒
幽人有其樂
歸田卸甲　卸甲歸田
兒子不理解為什麼
我為此寫不出一行詩
反駁他
代溝古代就有啊
舊恨王夷甫誇誇其談
差點兒耽誤了大宋朝
新交蔡克兒是個好人
但好人在歷史上
一般都沒用
像我一樣
淵明兄離開我
太久太久
世上再無知音

標榜自己愛國的人
不知不覺就成了賊

淺薄的人
請我吃了一碗羊雜湯
深刻的人從不請客
我請一個北平人
吃了一籠包子
趙家的人
請我喝了一罐西北風
（西北風
已灌瓶高價傾銷）
一個陝西人
請我吃了一筐肉夾饃
晚上我做了
一個中國夢

一個韓國人
早上給了我
一片藍色的小藥片
我把它扔石子一樣
扔回到美國
一個叫三胖的

朝鮮人
給了我一枚導彈
我欣喜若狂

不要問我從哪裡來
我是一個中國人

辛棄疾大爺
你要活到今朝的話
絕不會罵　樂天*
我操你祖宗
丟祖宗的臉

*樂天：唐朝大詩人白居易，字樂天。

2017.03.07

# 六、到全世界最破的小酒館找我
## ——月下獨酌／李白（唐）

天若不愛酒　　酒星不在天
地若不愛酒　　地應無酒泉
天地既愛酒　　愛酒不愧天

已聞清比聖　復道濁如賢
賢聖既已飲　何必求神仙
三杯通大道　一鬥合自然
但得酒中趣　勿為醒者傳

天如果只愛女人不愛美酒
天就不配待在天上
地如果只愛惡棍不喜飲酒
地上就不能有酒泉
天地如果都愛酒
天地就有良心
嗜酒如命就是無愧於天地
我已經聽說清酒洗面後
如聖人一樣
濁酒像賢者一般淳厚樸實
聖賢們已經喝了千杯不醉
何必再去求神仙來喝

三杯下肚　大道為我開
一鬥灌腸　天地為我醉
酒中自有宇宙終極真理在
不要告訴那些清醒者
拒絕做夢的人
但幾年以後

你要到全世界最破的
一家小酒館才能找到我*

*後兩句系引用莽漢詩人李亞偉詩意。

2017.03.07

# 七、偷情是為了偷生
## ——長乾行／崔顥（唐）

君家何處住　妾住在橫塘
停船暫借問　或恐是同鄉

君家住哪裡
小女子住在江邊的橫塘
停下船請問您
聽口音我們或許是同鄉

老鄉見老鄉兩眼淚汪汪
帥仔我看見你兩眼放光
你沒看到我的明眸皓齒
妾有意的
君意如何

在水一方
不期而遇
或許就是一段良緣
擦身而過多麼遺憾
一夜情我也願意
君當然巴不得

兩葉小舟擱淺
船上漁火熄滅
星星在頭頂眨著眼
其中一葉小船搖晃
水面漣漪輕輕蕩漾
人民在偷情
皇帝勿靠近

天下越黑暗
人民越需要偷歡取暖
偷歡是為了偷生
現在每個人都想偷歡
是不是
這天下已暗無天日

2017.03.10

## 八、夜夜歎息的婆娘們
——關山月／李白（唐）

明月出天山　蒼茫雲海間
長風幾萬里　吹度玉門關
漢下白登道　胡窺青海灣
由來征戰地　不見有人還
戍客望邊色　思歸多苦顏
高樓當此夜　歎息未應閒


明月從祁連山升起
在蒼茫雲海間穿行
長風萬里吹過了玉門關
漢高祖曾被匈奴圍困在白登
他們又望著青海湖流口水
古來征戰之地幾人回
戍邊的兵丁望著邊境
臉上泛起思鄉的惆悵
（朝廷沒完沒了的
打個毬啊）
讓婆娘們守活寡
在高樓上夜夜歎息

中國人的歎息
從古到今就沒停過

如今
我就像個戍邊將士的
婆娘一樣
他們一開兩會
我就止不住歎息

2017.03.10

# 九、一枝韓國寒梅
## ——梅花／王安石（宋）

牆角數枝梅
凌寒獨自開
遙知不是雪
為有暗香來

牆角幾枝梅花
嚴寒中獨自開放
我的幽香只為世人
靜靜的開
不像風雪那樣招搖

朴瑾惠
是韓國的一枝寒梅
多保重韓大姐
我是你的粉絲
下臺了來中國轉轉
我們這兒沒見過
被彈劾的總統

你沒有老公
國事就和閨蜜
多嘀咕了幾句
你的那點兒事
民主是不允許
但
如果比照你們
韓國的標準
完全可以彈劾
中國歷史上
從古至今所有的貪官
兩會正在開
我準備單槍匹馬
推動一下此事

2017.03.10

# 第四組

## 江畔獨步尋花七絕句／杜甫（唐）

### 其一　我那嗜酒的兄弟們

江上被花惱不徹　無處告訴只顛狂
走覓南鄰愛酒伴　經旬出飲獨空床

江山美人就要走失了
江上的花依然盛開
老漢我被江邊上的春花爛漫
弄得心煩意亂
無處訴說這懷春般的感覺
只能像條狗四處竄來竄去
跑來城南尋找我那嗜酒的兄弟
這小子不夠意思
自己已經出門飲酒尋歡作樂
透過他的窗戶只見一張空床。

就像在雲南省
亞偉一個人在版納埋首於宋詞
普洱茶和書法

而野夫這號稱的哥們卻在大理
風花雪月夜夜飲酒倒是
沒耽誤他心憂天下。

2017.03.13


## 其二　官賤才是關鍵

稠花亂蕊畏江濱　　行步欹危實怕春
詩酒尚堪驅使在　　未須料理白頭人


繁花嫩葉似錦完全淹沒了江岸
我戰戰兢兢如履薄冰行走其間
老漢實在是有點兒害怕這春天
就像張鋒害羞不敢和姑娘說話
眼下詩和酒還願意聽我的調遣
暫時還不必為我這白頭翁操心
但詩的親表妹遠方
我顧不上那麼遠了


號稱中國民主形式的兩會
都在說2017是關鍵的一年
關鍵　關鍵　關鍵少數人
取其諧音——
官賤才是關鍵

民為貴　社稷次之　君為輕
官為賤。

2017.03.13

## 其三　春姑娘每年三月去會堂

江深竹靜二三家　多事紅花映白花
報答春光知有處　應須美酒送生涯

江岸竹林幽靜處有兩三戶人家
紅花白花撩人心弦想讓人出事
我知道去那裡報答這明媚春光
只是美酒可否夠喝這個春天？
春姑娘又在何處笑我木訥？

正在開的兩會
恰如一個春姑娘
每年三月被拖到一個大會堂
幾千個代表上下其手摸索一遍
再放她回鄉下。

2017.03.14

## 其四　天府之國

東望少城花滿煙　　百花高樓更可憐
誰能載酒開金盞　　喚取佳人舞繡筵


東望少城滿城春色無邊鮮花如煙
百花繚亂的酒樓更是讓人歡喜
誰能和老漢我舉起金杯暢飲美酒
邀春天裡綻放的佳人們載歌載舞


成都自古就是一座糜爛之城
全城盡是些詩人酒鬼二流子
官二代富二代
當然不能少了軟妹子們
他們從不理會什麼兩會
只想埋首於美酒美食
和女人們的胸股之間
我老杜也被這座銷魂之城
搞得五迷三道
誰說出淤泥而不染
老子願意染就染了
再說了
老子唐朝的一個大詩人

不喝酒不作樂不泡幾個軟妹子
咋能輕易就範於黨天下。

2017.03.14

## 其五　深紅淺紅

黃師塔前江水東　春花懶困倚微風
桃花一簇開無主　可愛深紅愛淺紅

黃師塔前一江春水向東流
我在和煦的春風中
伸個懶腰打個哈欠
一大片桃花寂寞開無主
我要去愛她們
但是愛哪一個呢
那簇深紅色的
還是淺紅色的？

後世的人們都說我老杜老實
我是老實
老實人上輩子拯救過世界
這輩子才老實
老夫聊發少年狂
深紅淺紅今天一起愛
好女知時節

當春才可愛
都說歲月不饒人
老子今天
也不饒它歲月一回。

2017.03.14

## 其六　給四娘一個驚喜

黃四娘家花滿蹊　千朵萬朵壓枝低
留連戲蝶時時舞　自在嬌鶯恰恰啼

黃四娘家門前的小徑春花怒放
千朵萬朵壓枝低
蝴蝶在花叢中翩翩舞留連忘返
黃鶯在嬌滴滴的唱歌

我的鄰居黃四娘平日深居簡出
一年到頭沒打過幾回照面
有一回她似乎給我使了個眼色
是我老眼昏花還是她有意於我
這讓我思量了很久

白日放歌須縱酒
縱酒後得狂歡

我準備做一縷春風帶一絲春雨
翻牆隨風潛入夜　潤物細無聲
給黃四娘來個驚喜。

2017.03.14

## 其七　嫩蕊請你慢慢開

不是愛花即肯死　只恐花盡老相催
繁枝容易紛紛落　嫩蕊商量細細開

不是說見花愛花
就要愛得死去活來
只是擔心花期將盡
時過境遷物是人非老相催
花到盛時就開始紛紛凋落
含苞欲放的嫩蕊啊
請你們商量著慢慢開
我反正已經老了

可憐的老杜
憐香惜玉的背後
包藏著一顆老牛吃嫩草的心
我也有一顆這樣的心。

2017.03.14

# 第五組

## 一、三胖西邊那個國
### ──別董大其一／高適（唐）

千里黃雲白日曛

北風吹雁雪紛紛

莫愁前路無知己

天下誰人不識君


人是黃種人

雲就是黃色的雲

天是王朝的頂戴花翎

白日昏暗夜如晝

大雪從人們的心裡開始下起

紛紛揚揚

北風吹著悲傷的歸雁

不要擔心前面的路上

沒人認識你

天下誰不知道有你

這麼一個人呢？

天下誰不知道有你

這麼一個國呢？

在三胖的西邊

2017.03.15

# 二、裝完逼後再裝睡
## ——贈花卿／杜甫（唐）

錦城絲管日紛紛

半入江風半入雲

此曲只應天上有

人間能得幾回聞

錦城的絲管之樂

每日雨水般紛紛揚場

一半隨風飄揚

一半入雲飄散

簡直驚天動天

此曲只應天上的人享用

人間黎民哪得幾回聞

曲在天上飄著

人在地上浮著

一個叫制度的秦人
在中間睜眼說瞎話
然後就裝逼
裝完逼就裝睡
這麼多年
你們說了什麼
你們又做了什麼

兩會閉幕
重提偉大的鬥爭是何意？
難道是千萬
不要忘記階級鬥爭？

2017.03.15

## 三、人民就是認命
### ──旅夜書懷／杜甫（唐）

細草微風岸　危檣獨夜舟
星垂平野闊　月湧大江流
名豈文章著　官應老病休
飄飄何所似　天地一沙鷗

微風徐徐吹著江岸的細草
一葉孤舟桅杆高聳在夜空
星星垂在天邊原野更遼闊
月光隨波湧動大江東流去
我難道是因為文章而出名
年老體弱就應該解甲歸田
四處飄零彷彿是天地之間
一隻孤零零的沙鷗

老杜　從古到今　文章憎命達
認命是宿命　宿命是認命
人民就是認命

擁有宇宙終極真理的
其實是我
──這片土地上的人
命不好

從此關於這片土地
一切爭論可以休矣。

2017.03.15

# 四、一個人活出了一個朝代
## ——江南逢李龜年／杜甫（唐）

歧王宅裡尋常見
崔九堂前幾度聞
正是江南好風景
落花時節又逢君

君是
岐王大宅裡的常客
崔九堂上的座上賓
沒想到
正是江南風光無限
落花時節
和您又相見

人生何處不相逢
相逢者一定曾相識

我如落花
君是流水
落花見流水
恰似暮春時節唐朝的一場夢

現在還好
因為這首短詩
歷史沒把我們忘了

我的老杜
山川　家國　離亂和愛
裝在你並不起眼的軀幹
你差不多一個人活出了
一個朝代

2017.03.16

## 五、便下臺北回北京
### ——聞官軍收河南河北／杜甫（唐）

劍外忽傳收薊北
初聞涕淚滿衣裳
卻看妻子愁何在
漫捲詩書喜欲狂
白日放歌須縱酒
青春作伴好還鄉
即從巴峽穿巫峽
便下襄陽向洛陽

聽說官軍收復了河南河北
喜從天降涕淚縱橫打濕了衣衫
妻兒喜逐顏開愁容不在
詩書拋向空中欣喜欲狂
白日放歌須縱酒
青春作伴好還鄉
一家老少
即從巴峽穿巫峽
經過襄陽直奔洛陽

關內忽傳要憲政
青天霹靂要民主
初聞涕淚滿衣衫
卻看妻兒愁何在
漫捲微信喜欲狂
白日放歌須縱酒
自由作伴好還鄉
即從美國穿歐洲
便下臺北回北京

老夫老妻老骨頭
一生夢想眼看成真
這輩子如果等不到　還有下輩子

我們等得到
家祭　無忘　告乃翁

2017.03.16

# 六、一個王朝有這兩種人
## ——春日憶李白／杜甫（唐）

白也詩無敵　飄然思不群
清新庾開府　俊逸鮑參軍
渭北春天樹　江東日暮雲
何日一樽酒　重與細論文


白兄
你的詩世上無雙　是唐朝僅有的一株參天大樹
思緒萬千又飄逸不群　清新豪放得像一個
蜀國的烈女
庾信和鮑照都是我們的兄弟
我在西安城裡　一棵春天的樹下　獨自喟歎
你在大江之東　日暮薄雲時分
仰天長嘯
天各一方　李杜相思
何日共飲　談詩論世

一個豪放不羈　天子呼來不上船　不上賊船
一個沉鬱蒼涼　朱門酒肉臭　路有凍死骨
敢怒敢言
（紫禁城裡酒肉多到吃不完就臭了　長安街
邊有饑寒交迫中餓死的黎民百姓）
一個王朝有這兩種人
就不至於墮落為當朝

2017.03.17

# 七、一對盛世苦鴛鴦
## ——月夜／杜甫（唐）

今夜鄜州月　閨中只獨看
遙憐小兒女　未解憶長安
香霧雲鬟濕　清輝玉臂寒
何時倚虛幌　雙照淚痕乾

今夜
妻子獨在閨中舉頭望明月
低頭思念我老杜
女兒還太小不知道她母親
為什麼心繫長安
香霧打濕了妻子的頭髮

秋月之夜妻子玉臂生寒
何時和她相依偎在窗前
明月當空清風吹乾我們的淚痕
這對盛世中相依為命的苦鴛鴦

老杜
我們當朝舉頭已望不到明月
星星不再為我們眨它的眼睛
低頭也思不了故鄉
明月　清風　故鄉
已成傳說　懷念它們時
我們就重溫一下唐詩宋詞

2017.03.17

# 八、唇紅齒白小平周
## ──秋夜寄丘二十二員外／韋應物（唐）

懷君屬秋夜　散步詠涼天
空山松子落　幽人應未眠

深秋的夜裡懷念您
月夜院子裡長徘徊
秋天哦秋天又是秋天

山裡的松子彷彿應聲
輕輕掉落
君亦應該還沒有入睡

君子之交如明月清風
那像當朝
小人遍地開花　比如
文藝座談會始承恩澤
唇紅齒白的小平周

專制專門消滅好人
一個朝代消滅君子
最後必然毀於小人

小心一個大國被小人所毀
應該成為今秋91大的主題

2017.03.17

# 第六組

## 一、問十九大阿哥
### ——問劉十九／白居易（唐）

綠蟻新焙酒　紅泥小火爐
晚來天欲雪　能飲一杯無

新釀的酒還帶一點綠
我的小火爐燒得正紅
天色暗下來要下雪了
劉十九　兄弟
光臨寒舍飲上一杯無？

先喝了這杯再念報告
今秋的十九大趙兄
不舉杯如何慶祝
中國和夢

在唐朝
喝酒要問劉十九兄弟
在今朝
誰是誰非　誰白誰黑

有沒有酒喝
要問十九大阿哥

白居易老哥
我們現在活得很不容易

想當年做抉擇的時候
還不如留在你的唐朝
現在做夢的年代
熟讀你的詩能不能助
我們穿越回去

2017.03.19

# 二、我扛起過220斤黍子
## ——登科後／孟郊（唐）

昔日齷齪不足誇
今朝放蕩思無涯
春分得意馬蹄疾
一日看盡長安花

往昔的困頓再也不值一提
今日金榜題名後神采飛揚

春風得意快馬揚鞭
一日走馬觀花
跑遍了長安城

過去的齟齬不要提了
今朝的放蕩才能無法無天
春風得意馬蹄疾
今日看盡長安的美女
明天管它霧霾鋪天蓋地

憶苦思甜　想當年
我扛過220斤的黍子
9裡山路平地般走過
不用換肩　幾十年後
另一邊肩膀還能扛起
江山

2017.03.19


# 三、春分時節可豎蛋
## ——水檻遣心二首／杜甫（唐）

細雨魚兒出　微風燕子斜
城中十萬戶　此地兩三家

細雨濛濛魚兒躍出水面
微風習習燕子低低斜飛
城中有十萬戶人家
此地只有兩三家

首都的人們抱怨
多年看不到
燕子

燕子
從全國各地紛紛飛向北平
我要把一枚雞蛋*
在天安裝了門的
廣場上豎立起來
不是用鐵甲把它的頭碾碎

春分
我要約一個被遺棄的賢妻良母
共度良宵或共度一生
春風一度是不是值千金
之後要不要共度一生
全看天安門的那個晚上
雞蛋能不能豎立起來

春分　一個包子掉地
人民湊上去一看
皮很厚　裡面沒什麼餡

春分
大地和人群四分五裂
向主子或魔鬼叫賣靈魂
越來越難
因為供大於求

春分
趙家人一聲令下
說好要下的雨倒流回去了
今年春天無雨可下。

*傳説春分時雞蛋可豎立。

2017.03.20 春分


# 四、要那麼善良幹麼
## ——浣溪沙／歐陽修（宋）

堤上遊人逐畫船
拍堤春水四垂天

綠楊樓外出秋千
白髮戴花君莫笑
六么催拍盞頻傳
人生何似在尊前

堤上賞春踏青的遊人如織
歡聲笑語追逐著湖裡的畫船
春水蕩漾拍打著堤岸
四周水天相接　綠楊深處
少女們蕩著秋千春心蕩漾
白髮老翁也情不自禁
頭上插滿了剛剛採摘的野花
隨著悠揚動聽的六么曲調
我頻頻和春風乾杯
人生在世
人生幾何
何似這對酒當歌？

可是人是會變的
現在的我
比古代的我
比上山下鄉時候的我
（在陝北插隊八年）

差得太多了
簡直天差地別

那時候我年輕但謙虛
虛榮心很小很小
和人民打成一片
晚上在窯洞的油燈下
讀書看報學習毛主席語錄
現在我越老越狂妄自大
不得不
和天下的貪官們打得火熱
經常念錯別字也不害臊
唯一沒變的是我的姓名
我要改變一個國家
或締造一個人類命運共同體
不一定非要改變自己
要那麼善良幹麼
為此受盡了欺凌
惡人可能毀滅歷史
也可能創造歷史
惡有無限可能
善在歷史中
一無是處

2017.03.21

# 五、人間至樂
## ——月下獨酌／李白（唐）

三月咸陽城　千花畫如錦
誰能春獨愁　對此徑須飲
窮通與修短　造化夙所稟
一樽齊死生　萬事固難審
醉後失天地　兀然就孤枕
不知有吾身　此樂最為甚


三月的長安城
千樹萬樹繁花似錦
誰能像我一樣在春光裡
獨自憂傷
春天裡就應該就著春風
狂飲300杯
生死有命富貴在天
各人造化不同各有天分
命中其實早已註定
有人扛一袋199斤麥子
十裡山路不換肩
這樣的人用另一隻肩膀
才能扛起一個王朝

有的人在一杯酒裡
就懂得了生死
這種人比皇帝更牛逼
萬事萬物本來就難以琢磨
且盡美酒一千杯
天旋地轉回龍馭
一頭紮進孤枕
誰也不知世上有我
我也忘了世上有誰
此樂是人間至樂
夫復何求

2017.03.21

# 六、他一定還在某處伴睡
## ──楓橋夜泊／張繼（唐）

月落烏啼霜滿天
江楓漁火對愁眠
姑蘇城外寒山寺
夜半鐘聲到客船


月亮在落下烏鴉在叫
嚴寒霜凍徹骨

江邊的楓樹和漁火點點
彷彿在憂愁中相對而眠
姑蘇城外的寒山寺
夜半鐘聲響起時
客船也正好到了碼頭
船上走下來的一個君子
一直在此地活著
他是不死的

一千多年過去了
即使這國現在這麼爛
他一定還在某處伴睡
眼睛半睜半閉

2017.03.21

# 第七組

## 一、你每一次臥向鐵軌時
　　——面朝大海　春暖花開／海子（當代）

　　我有一所房子

　　面朝大海　春暖花開

　　從明天開始

　　我要做一個幸福的人

　　餵馬　劈柴　周遊世界……


　　海子

　　每個詩人的心底都

　　應該住著一個你

　　每一個春天　你

　　每一次臥向鐵軌的時候

　　夭折的孩子們全部復活


　　我認定人們

　　今世對你最好的紀念

　　（我們從不吝嗇紀念一個逝者

　　對活著的人往往視而不見）

　　就是從天而降後

棲身在一個
面朝大海春暖花開的所在
對著大海
口中念念有詩
從明天開始
做一個幸福的人


誰不讓我們幸福
我們就把誰推進大海

2017.03.26


# 二、天跟著我的心黑下來
## ——登樂遊原／李商隱（唐）

向晚意不適　驅車登古原
夕陽無限好　只是近黃昏


傍晚時分心不爽
驅車來到了山頂
夕陽啊無限美好
只是天要黑下來

我的初心啊
我的初心很不爽
你們要一直不信
我就掏出來給你們看

我的心是紅的
和黨旗一樣鮮豔
如戰旗美如畫
四九年以後漸漸變成
大姨媽一樣的暗紅色
後來又紅得發紫
最後變成了黑色
天當然要跟著我
一起黑

2017.03.28

# 三、問君能有幾多愁
## ——破陣子／李煜（南唐）

四十年來家國　三千里地山河
鳳閣龍樓連霄漢　玉樹瓊枝作煙蘿
幾曾識干戈？

一旦歸為臣虜　沈腰潘鬢消磨
最是倉皇辭廟日　教坊猶奏別離歌
垂淚對宮娥

四十年來的
家就是國
國就是家
三千里江山都是我的後院
龍樓鳳閣和銀河接壤
燦若星辰
玉樹臨風瓊枝似雲煙裊裊
我的國家從來沒打過一仗

我怎麼一下子
就成了階下囚
腰也彎了鬢髮蒼蒼
連20斤麥子也扛不動了
想起當年倉皇離開宮殿時
軍樂隊奏起了別離曲
（這簡直是天大的諷刺啊）
一場生離死別
我只有對著宮女老淚縱橫
尿順著褲腿不爭氣的流下

其實我是多麼不喜歡政治
政治　尤其是中國的宮廷政治
多麼骯髒不堪
我只是不談戀愛的時候
嘀咕兩句政治而已

我被另一個改朝換代後的
大皇帝賜死了
問君能有幾多愁
恰似一江春水向東流
來生來世永不再為君

民為貴
君為輕
當時在龍椅上睥睨天下
聽不得這樸素的真理

君不好好做
是要下地獄的
現在你們領悟後
何妨
和金家王朝的三胖
分享一下

2017.03.30

# 四、南渡江邊無麗人
## ——麗人行／杜甫（唐）

三月三日天氣新
長安水邊多麗人
態濃意遠淑且真
肌理細膩骨肉勻

三月三日好天氣
水邊到處是美眉
皮膚細膩潔白有光輝
真善美還集於一身

三月三日天氣新
南渡江邊無麗人
我在一輛共享單車上
一日晃蕩看盡那些狗
尾巴花

那些三觀正
又善良又漂亮的
中華民族的女人們
都嫁了美國

還是去了天國
還是保存在中華民國

2017.03.30

# 五、青山擋不住水東流
## ——菩薩蠻／辛棄疾（宋）

郁孤臺下清江水　中間多少行人淚　西北
望長安　可憐無數山
青山遮不住　畢竟東流去　江晚正愁餘
山深聞鷓鴣

鬱孤臺下清澈的江水
裡面有多少百姓的眼淚
往西北眺望長安
（卻看見延安）
只看見無數的山
青山擋不住水
水向東流去
我在江邊滿懷愁緒
山中又傳來了鷓鴣的悲鳴

歷史有時候很詭異
往往在大轉折時期
稀裡糊塗先給你
上一個蹩腳的掌櫃
頭盤菜比較差
然後出其不意
冒出一桌子美味佳餚
其實是人民熬出頭了

「我覺得　我和您的性格很相似」
當年這份稱兄道弟的告白
真相已大白於天下
性格決定命運
性格相似
命運也會相似

我不說拭目以待
只是擦了擦眼角
淚已乾
等春天的消息吧

# 六、死去活來的都是人心啊
## ——清明／杜牧（唐）

清明時節雨紛紛　　路上行人欲斷魂
借問酒家何處有　　牧童遙指杏花村


兒子六千里回來上墳
不管世道如何變
親爹永遠只有一個。


清明時節雨紛紛
路上行人欲斷魂
借問酒家何處有？
到　處　有
牧童遙指杏花村
杏花村的饕餮大餐
足夠公子王孫們吃
清明節呵
死去活來的都是人心啊
你們於心何忍
東家幾乎就是個屠夫
整個國家就俗不可耐
感歎無力回天吧

清明節　這個國家
死不瞑目的人越來越多
死者不會永遠待在墓地
某一天
他們會拍拍身上的土
站起來
重新回到人間
他們將做些什麼
很難預料

清明時節雨紛紛
細細的徵兆
佛微閉著眼　盡在掌握

我跪在父親的新墳前
點火燒紙
淚，
滴入這十年九旱的黃土

　　　　　　　草於 2010.04.02

　　　　　　修改於 2017.04.04 清明節

# 七、這個傢伙，是個好人。
## 雖然有點傻。／張鋒（當代）

等我走了以後在一個清明節
你來到我的墳前
點了一炷香放下一把花放了一掛鞭炮
你和身旁同來的人說，這個傢伙
是個好人。雖然有點傻。
我
會
爬
起
來
和你握個手說你也是個好人。

是啊不然你不會來看我。我估計我在下面的時候
想得最多的是我生前的那些朋友們
他們會把我忘記　　他們不再提起我　　不再議論我
艱辛和漫長的生活，陸陸續續的死亡和往事
生命的空虛會使他們麻木。
為了那個簡單的蓋棺論定
幾十年我堅持做一個好人。
忘了是從什麼時候開始我已意識到

這是我的生命也是我的宿命。
命中註定我必須做一個好人。
我必須繼續努力如果可能我想成佛。
所以，幾十年了我依然是個孩子　但是個
懂事的孩子

我的初心
依然像一片豬肝一樣紅
它停留在陝北220斤的
一片小麥田

2009.04

# 八、我在白洋淀畫了一個圈
## ——清明／杜牧（唐）

清明時節雨紛紛
路上行人欲斷魂
借問酒家何處有
牧童遙指杏花村

清明時節雨停了下來
路上行人已無魂
行屍走肉大行其道

我放聲歌唱一個臨界點
一夜之間天下煥然一新

千年大計已祭出
人民是不是至少
可以高枕無憂百年

雄心勃起　壯志安在？
臣在
妾也在
雄安當然在

蘇共滅亡時
俄羅斯當時
舉國竟沒有一個真男兒

史書記載高陽郡
終究要出一個偉人

2017又是一個春天
4月1號愚人節
我在白洋淀畫了一個圈

一千年太久
只爭朝夕。

2017.04.02

# 第八組

## 一、在4月的第一天
　　——不欺／賈島（唐）

上不欺星辰

下不欺鬼神

知心兩如此

然後何所陳

掘井須到流

結交須到頭

此語誠不謬

敵君三萬秋


上不欺星星

下不騙鬼神

君王和臣民

如果如此心心相印

那還有什麼可說的？

打井要挖到水

交往要交到靈魂深處

泛泛之交不交也罷

這是萬古長青之理
勝過你做夢都想的
千秋萬代

恰逢4月1日愚人節
雄安橫空出世在宇宙
今天是個大日子
好日子

昨夜十二點剛過
朝鮮西邊有一個國家
迫不及待的宣布
從明年今天起
正式還權於民
呼應人民長久以來的願望
開放黨禁開放報禁
先為春夏之交的廣場平反
自上而下
正式啟動民主憲政轉型
終究在4月的第一天
我畢生的願望就要實現了

2017.04.01

# 二、1001條理由
## ——早起／賈島（唐）

北雁再離北
明鏡勸仙食
出門路縱橫
張家路最直

起早但不要貪黑
（貪錢人民都習慣了）
北雁西飛離開北
明鏡勸它吃仙食
別再吃垃圾
出路其實也就兩條
千萬別一條道飛到黑
張家的那條路最直

習大大在加州說
我們有1000條理由
把中美關係搞好
沒有一條理由
把中美關係搞壞
我們有1000條理由

讓人民活得更好

而不是把他們搞死

我們更是有1001條理由

讓四川的少年活得更好

讓他在中華民族

偉大復興的中國夢中

繼續成長

沒有一條理由把他搞死

媽的　兇手

你幾十年如一日

究竟潛伏在何處

是近在眼前

還是遠在美國？

2017.04.09

# 三、一片鴻毛落地生根
## ——除夜宿石頭驛／戴叔倫（唐）

旅館誰相問

寒燈獨可親

一年將盡夜

萬里未歸人

寥落悲前事

支離笑此生
愁顏與衰鬢
明日又逢春


除夕之夜
我獨棲在一家小旅館
炕上最少有幾萬個跳蚤
（多像你們今天的五毛）
那有什麼人來噓寒問暖
這個地方此時有沒有人
都值得懷疑
東家生來就是個壞種
寒夜漫漫萬里迢迢
我無法和親人團聚
這年是過不去了
想起這大半輩子
寂寥的往事不堪回首
支離破碎的日子究竟還有多少？
我在心裡安慰自己
明天又是正月初一
又是一年春天伊始
愁眉苦臉暫時又可以
枯木逢春一年

這時候
遠方突然傳來噩耗
太伏的少年郎趙鑫*
被惡少活活打死後
又爬起來從樓上縱身一躍
輕如一片鴻毛落地生根
這少年有一天
會開花結果

*趙鑫：四川瀘縣一少年，疑似校園欺凌被打死，官方說
　其跳樓自殺，引發全國性的質疑。

2017.04.13

# 四、也許明天醒來　朝鮮已無三胖
## ──前出塞・其六／杜甫（唐）

挽弓當挽強
用箭須用長
射人先射馬
擒賊先擒王
殺人亦有限
列國自有疆

弓要挽緊
箭在弦上　不得不發
射人先射馬
擒賊先擒王
要解決朝核問題
得先把三胖斬首
打吧　美國
你不打
我習大大來幹
傷亡不會太多
朝鮮半島統一
指日可待

也許一覺醒來
三胖已被斬首

能走到今天
他在朝鮮半島如此
為非作歹滅絕人性
幾乎和全世界為敵

其實證明的
是一個大國的無能

現在
這一切該結束了
從今往後
世上誰都不能再說——
我們沒錯
是世界錯了

世界沒錯
是三胖瘋了
還好我們暫時
沒攤上另一個
三胖。

為此
我激動的不行
先睡一覺再說

也許明天醒來
世間已無三胖

2017.04.15

## 五、啼鳴中有血
### ──天涯／李商隱（唐）

春日在天涯
天涯日又斜
鶯啼如有淚
為濕最高花

春日在天邊
天邊日又斜
啼鳴的黃鸝如果有淚
請你為我灑在最高的
那朵花兒上

春日
你為什麼遠在天邊
而不是近在眼前
黃鸝鳥如果有淚
為什麼灑在高處
不落在一片草叢

啼了幾千年了
黃鸝鳥
現在啼鳴中有血

2017.04.16

# 第九組

## 一、民國的美男子大丈夫
### ——精衛填海‧被逮口占／汪兆銘（民國）

慷慨歌燕市　從容作楚囚
引刀成一快　不負少年頭

我曾
慷慨悲歌在河北的鬧市
從從容容做楚國的囚徒
一路向北
拔刀刺向大清的攝政王
（這是何等的英雄氣概）
不辜負少年的熱血頭顱

你少年時滿腔熱血
以推翻滿清為己任
中年與蔣中正約定
抗戰分工——
「兄為其易　弟為其難」
你委屈求全
忍辱負重

忍辱含垢
心存僥倖和幻想開展和平運動
你的艱辛和努力付諸東流
後來人人知道你的標籤是漢奸
他們哪知道為了曲線救國
你不惜賠上了一生的英名
你的後半生不可描述
有個組織現在用這個詞
描述籠罩華北天空
鋪天匝地的霧霾

精衛銜石　精衛填海
你的名字註定了你一生的徒勞？
一個民國的美男子大丈夫
你的滿腔熱血
最後怎麼就成了一攤污泥？
幾十年後　重溫舊事
除了感慨你生逢亂世
我依然為你老淚橫流
這個幾千年來任何時候
多數人無知少數人無恥
只有幾個人勇敢的地方
什麼時候才能得到
上天的眷顧

汪先生　當年中華大地生靈塗炭
你是在心裡
默念過一萬遍嗎：
我不入地獄　誰入地獄？

2017.04.22

# 二、太平盛世裡的一堆糞
## ——追感往事／陸游（宋）

太平翁翁十九年
父子氣焰可熏天
不如茅舍醉村酒
日與鄰翁相枕眠

太平盛世十九年了
當朝有一對父子氣焰熏天
其實在我眼裡就是一堆糞
何如在鄉間茅舍與酒為伴
醉後和同村的老翁相枕而眠

2017我在酒後憶起往事
雖然多年已過去
但往事不會說謊

也不會塵封

它把我搖醒

我們彈冠相慶

王者歸來後

天下皆為賤民

王者也可能是亡者

四海貌似可以一家

我是趙家行二

你們還能是誰

其實山就在那裡

聽說

一切只是剛剛開始

2017.04.23

## 三、張嘴再不談國事
### ——四月旦作時立夏已十餘日／陸游（宋）

四月欲盡五月初

九十未及八十餘

開口何曾談世事

收身且復愛吾廬

四月快要完了
五月初潮
九十未到八十有餘
我終於來到生命的盡頭

張嘴再不談國事
大宋朝被我和我的明友們
罵得也快沒臉撐下去了
人老心枯　收身夾尾
我現在只愛我的棲身之所
85歲時我會死於此

2017.04.30

## 四、何時一笑抹此生
### ——自嘲／陸游（宋）

夜作看花夢

朝賦飲酒詩

吾夢固忘矣

詩亦聊自欺

荒園無佳花

牽牛漫疏籬

給酒月四鬥

一觴難屢持
悲歡有定數
未至誰先知
願從大鈞問
一笑在何時

夜裡作了一個看花的夢
晨起為此飲酒賦詩一篇
然後夢就忘了
詩也寫得差強人意而已

荒蕪的園子裡
沒有什麼好看的花
牽牛花漫山遍野
爬滿了籬笆內外
這個月飲下四斗酒
看見那個酒杯
不好意思再拿在手中

悲歡離合
在生命中是個定數
但尚未到來時誰可預知
願問一個大德大行之人
天下何時可以一笑了之

我又何時可以
一笑抹了此生

2017.05.02

# 五、白頭癡人自個兒樂
## ——自嘲／陸游（宋）

歲月推遷萬事非
放翁可笑白頭癡
此生竟出古人下
有志尚如年少時
僻學固應知者少
長歌莫問和予誰
自嘲自解君勿怪
老大從人百不宜

歲月無情萬事皆非
可笑放翁一白頭癡人
此生　生不逢時
（我為什麼不生在遠古）
年少時也曾志向遠大
現在已是人老心亦如枯水

偏僻的學問沒幾個人能懂
長歌當哭也不必問為誰而泣
自我解嘲自娛自樂樂在其中
這麼一把年紀再去隨波逐流
簡直是羞煞我也

老大從人百不宜
少年早早就跳樓
活到中年萬事悲
這個國家要完了
我說的是朝鮮人民共和國。

2017.05.02

# 六、國事問鬼
## ——戲諸公省集／耶律鑄（元）

萬事人生前已定
須知禍福不由人
誰憐四海生靈望
浪著閒錢問鬼神

人生萬事命中註定
禍福無門它不由人

誰可憐這天下蒼生
他們眼巴巴的瞅著
浪費公帑去求神問鬼
求神神不靈
拜佛佛不應
只因此地並無信仰
只能去　問鬼

近日，
一個新名詞橫空出世：國問鬼，
有人說他的出現猶如一個天象，
國事別再問我
問這個鬼。

2017.05.02

## 七、我慶幸我是我　被善疼愛的我
### ——小人不可用／朱誠泳（明）

小人不可用
用則妨善良
奈何治家國
而不謹其防

悠悠感前史
披書徒自傷

小人不可用
用了小人妨害善良
為什麼那些治國者
不謹慎小心選擇
他們為什麼喜歡用小人
（盜國賊另論）
天地悠悠感念其殤
合上書卷我暗自神傷

我這一生流了很多淚
但不知為了誰
我慶幸我是我
被善疼愛的我
有一天我變成一把土
你再換一個疼愛。

2017.05.02

# 第十組

## 一、睡遍京城兩騷貨
### ——江村／杜甫（唐）

清江一曲抱村流
長夏江村事事幽
自去自來堂上燕
相親相近水中鷗
老妻畫紙為棋局
稚子敲針做釣鉤
但有故人供祿米
微軀此外更何求

一曲清江繞村環流
長長的夏天江村事事幽
來來回回燕子翻飛
相親相愛水中對鷗
老妻在紙上畫下棋局
幼子用針做了個魚鉤
老友供我食粟
此身復夫何求？

我已老大不小
徒有書生之名
可憐讀書少
所幸初心在
不忘初心
可以繼續前進

趙村事事憂
棋局日日新
民主眼中釘
自由肉中刺
微軀可縛雞
此外更何求

我茫然
天地莫非也茫然
草他大爺的
吾土有女初長成
卻成了黃豔
吾家有男初長成
又成了郭文貴
這兩個騷貨
睡遍了京城
卻沒有互相睡過

文貴
你永遠不能和她睡
即使你明年返回盤古大觀
黃豔已經全身心奉獻於黨
我等非黨人士
不可染指黨產

2017.05.23

# 二、他把中國搞成傻逼
## ——治亂吟／邵雍（宋）

君子小人，亦常相半。
時止時行，或治或亂。

君子和小人
也不得不交往
一個國家君子當道
世道人心就平安
小人當道
世道人心就大亂

究竟誰在亂搞？
有人說創造人類後

上帝最喜歡每天胡搞
把世界搞亂把人間搞傻
毛澤東當年
以中國的上帝自居
他晝夜不停的
搞　搞　搞
把中國和中國人
最後都搞成傻逼

中國人從此成為行屍走肉
管它奶奶的，
人死逼朝天，
能過一天是一天。
今日中國
已
肉沒肉味
人無人味
國必將不國

我一天不撒謊
都對不起我的人民
我一天不撒謊
都對不起我的人民
我一天不撒謊

我就不是朝鮮共產黨

這裡謊言重複兩遍

就是真理

我一天不裝逼

就會成為一副陰道

哦　我的盜國賊

我曾經離你那麼近

在一架737飛機上

面對面和你說過話

2017.06.05

## 三、婆娘的末世豬蹄
　　——時雨／陸游（宋）

時雨及芒種　　四野皆插秧

家家麥飯美　　處處菱歌長

老我成惰農　　永日付竹床

衰髮短不櫛　　愛此一雨涼


芒種下起了及時雨

田野裡人們在插秧

家家戶戶新麥飯香

處處可聞菱歌聲長

我早已是一個懶惰的老農
整天把自己交給一張竹床
我的頭髮稀稀拉拉
下起雨來倒是涼快

芒種時節
南方在刈麥
北方在種豆
芒種　芒種
新麥蒸饃真香
舊麥烙餅好吃
拌好兩盤涼菜
娘子盤腿炕頭
門前一隻花貓
伸個懶腰
喵　喵
主人回來了
昨天雖是六四
未見風吹草動
今天又是芒種
家國天下如何
日子好不好過
都得過下去
一瓶冰啤下肚真爽

拉過婆娘一頓亂啃

就像啃自家的豬蹄

一樣

這末世中最後一點的

溫暖和牽掛

2017.06.05 芒種

# 四、無聊能獲獎
## ——殘句安石作假山／蘇軾（宋）

安石作假山　其中多詭怪
雖然知是假　怎奈主人愛

把一堆石頭安裝成假山

其中有很多陰謀詭計

明眼人心知肚明

但主人偏偏喜歡

有一種山叫假山

有一種詩叫獲獎體詩

他的詩

不痛不癢

不鹹不淡

適合在專制國家獲獎

他和她老婆

前仆後繼

一起獲獎

嫁雞隨雞

嫁狗也隨了雞

她老婆跟著他

自然也是

炒菜不放鹽

端上桌一盤無聊

要是跟了我

就會像只

小白兔一樣

人見人愛

花見花癡

其實不然

跟了我也許會

吃盡一個專制社會

給予一個老實人的

全部苦楚

2017.06.07

# 五、一切只是剛剛開始
## ——咸通七年童謠／作者不詳（唐）

草青青　被嚴霜
鵲始巢　復看顛狂


綠草青青被霜覆蓋了
喜鵲才開始築巢
過幾天看著它發瘋了


時間來到
2015年7月9號
一夜之間
律師成為罪犯
這一天開始
他們是莫名其妙的被告
罪名是顛覆國家政權
（如果能顛覆一個極權國家
難道不是
一種無上的榮耀？）
吳淦　周鋒鎖　李和平　王全璋
這些陌生的名字開始被人們記住
他們的妻子們

從此成為四處奔波的上訪者
成為俄國十二月革命黨人的妻子們
隨丈夫流放西伯利亞的當代中國版
王全璋兩年多生死不明音訊全無
她天真的妻子李文抱著孩子
從此踏上尋夫之路
她的心一天比一天冰涼

一個叫副鎮華的惡棍在京城橫空出世
天派他來加速某個組織的滅亡
他以黑社會的面目出現在長安街兩側
律師們在暗無天日的看守所
漸漸明白了誰是全球最大的黑社會
以前還只是聽說而已

2017全世界都聽到了一句咒語
從美洲太平洋那邊傳來
一切只是剛剛開始

也許有一天
這些709被捕律師中
有一個或幾個真的能顛覆一個政權

2017.06.07

# 六、14億人同時都閉嘴
## ──逢雪宿芙蓉山主人／劉長卿（唐）

日暮蒼山遠　天寒白屋貧
柴門聞犬吠　風雪夜歸人

暮色蒼茫前路漫漫
天寒地凍白雪茫茫
主人家貧如這白雪
柴門傳來犬吠
主人風雪夜歸

盡日暮色蒼茫不見天日
這是怎樣的江山
竊國者坐享人民的血汗錢
人民只有狗糧沒有自由
大門口經常有惡犬溜達

有人發了個微信說
一切都是剛剛開始
就被叫去喝茶

如果14億人同時都閉嘴
那是何等的壯觀
那一定是黎明破曉前
人民最後的屏息等待

風雪交加夜半才回家
而且被威脅
下次再發朋友圈就別想回家了
我們其實沒有自己的家
百家姓都不過是寄宿在趙家屋簷下

2017.06.16

# 七、夜郎國修文縣
## ──辭夜郎／許國佐（明）

我來夜郎時　不知夜郎好
我今去夜郎　去來何草草
夜郎令人壯　夜郎令人老
……

我來夜郎的時候
不知道夜郎有多好
現在就要離開夜郎

來去太匆匆
夜郎自大可以讓人繼續膨脹
但夜郎也令人老呵
夜郎有個修文縣
我其實為它而來

前幾天
我還在貴州談笑風生
天塌下來
我們就飛上天去
737　787會載著我們的
私生子和GDP飛向自由世界
夢想會成真　呈峰
你們要像山峰一樣堅定
像冠軍一樣英勇
沒有這點兒心理承受力
怎麼敢當盜國賊
夜郎國溜達了一圈
修文縣寓意深長
丫挺的　我決定
貴國的竊國生意照舊

2017.06.25

# 八、我天生專制你們
## ——白頭吟／卓文君（漢）

皚如山上雪

皎若雲間月

聞君有兩意

故來相決絕

男兒重義氣

何用錢刀為

願得一人心

白首不相離


愛如山上的雪

愛若雲間的月

聽說你三心二意

我來和你一刀兩斷

男兒應該義氣沖天

你卻為兩個小錢兒丟人現眼

何時能得到一人心

白頭到老不離不棄


卓文君啊

我對你深表歉意
我對自由深懷歉意
因為我天生專制
專制你們
中國的癡男怨女
一群不可救藥的傻逼
你們為什麼不反抗我？

2017.08.04

# 九、一帶一路撒滿人民的幣
## ——立秋／王典（清）

秋雖不自言
舉世曉其至
今當與秋期
風日宜有異
不可拘往時
引人以愁意
聊看一葉飛
我亦能自醉

秋雖不自言
但都知道它來了

人們應當和秋天互相期待
風和太陽也應當有所改變
不可像過去那樣
給人們帶來的只是惆悵
如今看一片葉子翻飛
我也能醉了

立秋　天依然酷熱漫長
連雲港以西
北戴河以內
一帶一路撒滿人民的幣
中南海午休時辰
黨總部布滿了各種小手
海航集團今夏暴得大名
中印邊境風起雲湧
人心更加叵測
人心更加惶惶
人心所向暫無鳥用
十九大呼之欲出
還有沒有20大？
秋後算帳要不要提前
除此之外
天下皆無所事事
共和國的私生子

早已遍佈自由世界

世界說是你們的

其實是我們的

此地和彼岸

極權世界和自由世界

朝鮮和美國

對我們而言同樣美好

因為

兩個世界都是我們的


立秋　人們在等一場雨

天壓下來了　有雲但風微

天要下雨　娘要偷漢

竊國者侯當書記

雨還沒下來

幾千萬娘已不見蹤影……

2017.08.07 立秋海南


# 十、綁架十四億人
## ——馬嵬／李商隱（唐）


海外徒聞更九州

他生未卜此生休

…………
如何四紀為天子
不及盧家有莫愁

一帶一路又撒幣
海外又傳假捷報
人民的血汗錢
在海外兜了一個圈
（聽說是德意志銀行）
又回到王公公的褲襠
就不用跑到夜郎國
測算你的來生了
此生你很快就過去了
他家四代為天子
也不及我家有莫愁
這麼大義凜然又溫柔體貼的
好姑娘

你或許可以綁架一個人
但如果綁架了14億人
你它媽得多偉大
或多喪盡天良！

2017.08.10

# 第十一組

## 一、懷念辛棄疾和陸遊　之一

一個雨天
東邊日出西邊雨
飄飄何所似
天地一沙鷗
知我者
二三子
苟且偷生且貪歡
我見青山嫵媚動人
料青山見我應如是
人豈能妄議
一群存欄的畜牲
東風惡
人情薄涼似水
情與貌略相似

十分好月
不照人圓
欲說還休　欲說還羞

如今識盡愁滋味
我中華如今安在？
清風不識字
何故亂翻我的書
卻道天涼好個毯
寬衣解帶　在臨安
午休時間來個通姦

塞上長城空自許
把人民和世界隔絕
為了趙家人民幣的安全
長城已變防火牆
長城內外頓失滔滔
唯餘白茫茫
一片大地真乾淨
生前已知萬事空
心在天山
身老滄州、正定
天下也唯餘
一堆慶豐包子

北望只見霾如山
但悲不見氣如虹
自由民主之師北定中原日

家祭勿忘告訴你

老爹老娘

爾爬起來也要

濁酒十杯淚千行

2016.11.20

紀念南宋大詩辛棄疾辭世800年，陸遊辭世807年

# 二、大雪之後指黑為白
## ——冬日之一／陸游（宋）

客至惟清坐　　真貧不是慳

援琴排遣悶　　合藥破除閒

引鶴時穿屐　　逢梅一破顏

怪來寒徹骨　　夜雪冒南山


客人來訪

只能乾巴巴的坐著

真是窮得叮噹絕不是吝嗇

彈琴一曲為君解悶

我喝的湯藥

君要不要品味一下

我穿著木屐去呹喝一下

我的那只丹頂鶴

見到梅花我就破顏一笑
怪物來得時候就寒冷徹骨
一場雪像一場夢一樣
一夜之間
南山白雪皚皚

我在山中已住了多年
在山中
他們經常會逮住一隻鹿
說這是一頭馬
一場大雪之後
他們又可以指黑為白

多年以後
你們還會出現一個
指鹿為馬的時代
只有無恥之徒
適合那片土地

放翁
果然。

2017.09.14

# 三、我在人間醉了　鞭子就垂下來了
## ——醉垂鞭／張先（宋）

雙蝶繡羅裙，東池宴，初相見。

朱粉不深勻，閒花淡淡春。

細看諸處好，人人道，柳腰身。

昨日亂山昏，來時衣上雲。


雙蝶繡羅裙

翩翩雙飛翼

東邊的酒池肉林

我和你初相見

濃妝淡抹總相宜

你淡淡的妝束出場

像一朵野花

在春天的人群中

漫不經心地開

細看那都好

人人誇你　柳腰身

隨波逐流

昨日從巫山雲雨

飄來時

羅裙上猶帶一朵雲

大腿上有一塊青

知道你們想什麼

後來我和她

睡還是沒睡

你們去問東坡

我這一生的祕密

就是他都知道

反正我在人間醉了

有鞭子就垂下來了

2017.12.04

# 四、年紀輕輕十五六
## ——更漏子／張先（宋）

錦筵紅，羅幕翠，侍宴美人姝麗。

十五六，解憐才，勸人深酒杯。

黛眉長，檀口小，耳畔向人輕道。

柳蔭曲，是兒家，門前紅杏花。


錦繡宴席

碧綠垂幕

侍宴的小人兒

楚楚可憐
年紀輕輕十五六
已懂愛人才
勸我一杯又一杯
酒不醉人我自醉

眉兒細又長
口兒微微紅
耳畔輕輕語
氣息呵如蘭
路彎彎柳蔭深處
是奴家
門前有棵紅杏樹
樹兒已開花

這件妙事
當時沒告訴東坡
被貶儋州之後
今生再也沒能見到他
當年多麼應該告訴
我的
東坡兄弟

即使在前所未有
接近盛世的大宋朝
我們能分享的也就是
這麼一點兒溫存了

2017.12.05

# 五、優質資源都歸趙家
## ——行香子／張先（宋）

舞雪歌雲　閒淡妝勻
藍溪水　深染輕裙
酒香醺臉　粉色生春
更巧談話　美情性　好精神
……又送黃昏
奈心中事　眼中淚　意中人

如行雲流水
似雪花般舞
像雲一樣歌唱
你淡淡的妝容
淡淡的微笑
淡淡的憂傷
藍溪之水也

貪戀你的裙擺
水花就四濺
酒微醺
臉微微紅
春心在微微蕩漾
伶牙俐齒
妙人妙語
好一個如花似玉
的
江南美人啊
……
……

又送黃昏走
奈何
心中事
心中無數
眼中淚
最後哭成了眼中釘
別和我說
意中人啊
意中人
都被趙家擄走

剩了幾個
在別人家

2017.12.06

# 六、一些竊國者為什麼老而不死
## ——初寒／陸游（宋）

江路常逢雨
山城早得寒
蘭凋初解佩
菊殘尚加餐
節物知所負
情懷自鮮歡
浮生看已熟
不必夢邯鄲

江家之路
常常大雨傾盆
那年的大洪水
已傾城　欲傾國
山城重慶
早早就領受了
寒風來襲

蘭凋初解佩
菊殘尚加餐

一些竊國者
為什麼老而不死
這兒有
非洲也有

那些真正的孺子牛們
忍辱負重
寡言少歡

我看黃粱已熟
不必在邯鄲附近
挖一個大坑
再搞一個春秋大夢

某某雄心膨脹
家中六畜不安
人也惶惶。

2017.11.20

# 七、詩歌透露天機的時候到了
## ——大衍易吟四十首／方回（宋）

震動對艮止
革故繼鼎新
飲啐隨時義
天機信屈伸

火山爆發之前
一定有徵兆
但靜靜的山脈
也可能
瞬間就地動山搖
東邊日出我的美人啊
西邊下雨朕的新疆
卦曰黃河要斷流
把毛弄回韶山
黨從中南海拆遷
老九們應該再
大點兒聲疾呼
我順水推舟就辦了
我自己只能伸
焉能屈啊

飲啐隨時義
一啄一飲
豈能註定
也許今年
詩歌透露天機的時候
到了
詩人們　上！

2017.12.17

# 意淫篇
## ──中國民主憲政轉型的九種可能性

家國情懷
權當是一個個笑話
你可以一笑置之
也可以一笑了之
只是那笑中帶著淚
流著血

──作者自題。

## 中國民主憲政轉型的九種可能性　之一

恨鐵不煉鋼　在夢中
我打了某共產黨總書記一巴掌

我願意做一個
說出皇帝新衣的孩子
為中山大學那個用右手打了
甘陽*左臉
一巴掌的青年教師大聲喝彩
為德國女漢子克拉斯菲爾德**
打出的那歷史性的一記耳光
欽佩不已
有時候一記耳光可以改變歷史
歷史已屢屢證明這一點，
比如陪都唱紅的薄熙來。
受此啟發　我在想
如果一個會議在首都進行中
某人又開始冒傻氣又在講類似
刀把子這樣的文革語言並且準備
給南極洲送去600億美刀
還說所有媒體都應該姓凶***
（不如乾脆都姓趙）

一場春晚成了一個人意志的體現
（全國人民都煩了）
這個人越來越離譜了
而我恰好正在會場思考了幾分鐘
大步流星上了趟廁所撒了一泡尿
照了照鏡子給自己打了打氣
鼓起勇氣拿出吃奶的勁兒
衝上前去用右手掌摑了他的左臉
確實是張包子臉　很大皮也很厚
不打不知道　我的手很痛
之後我被一群便衣撲倒在地
拖出會場　開會的貪官污吏們
瞠目結舌　如臨大敵　驚恐萬狀
不知道他們之後會把我怎樣
（他當然也可以打我一記耳光
雖然我每天在替他憂國憂民）
其實這記耳光甩出去之後也就
無所謂了
我更關心
這一記耳光打得值不值
會不會打醒他　能不能促使他
像蔣經國開啟臺灣的民主進程那樣
開啟大陸的民主憲政之路？
會不會推動中國歷史進程向前

小跑兩步？
如果能　如果答案是肯定的
我就準備擼起袖子
甩出這歷史性的　史詩般的一巴掌。

　*甘陽：號稱當代左派知識分子領袖之一，但其所作
　　所為越來越像是個政治和學術的雙重投機分子。
　**1968年11月7日，在聯邦德國基督教民主聯盟大會
　　上，女記者貝亞特‧克拉斯菲爾德走上講臺，給
　　時任西德總理基辛格（原納粹黨員）一記著名的
　　耳光，成為促使全德國反思二戰和納粹大屠殺的
　　里程碑式事件。
　***凼：音同黨，污水塘、泥塘之意。

2016.01.26 改於 2016.11.30 海南

## 中國民主憲政轉型的九種可能性　之二

人民大會堂天意般坍塌

明年的兩會期間
正在舉行全國人大代表
全體會議的時候
人民大會堂轟然坍塌
天看不下去了
終於塌下來了

所謂的人大代表們
其中惡貫滿盈的那些
遭到天譴
個別良知猶在的人
逃過一劫驚魂未定

這一天可命名為
天師北定中原日

中國人民
從此有可能獲得一次
一人一票
投票選舉
全國人大代表的機會
這是天意的顯現
人民謝天謝地！

2016.11.28 海南

## 中國民主憲政轉型的九種可能性　之三

某大大愛上一個女人

某大大在
九十大（19大？）開完會的第二天

一不留神愛上一個女人
這很正常好歹也是個男人
（某麻麻樂見其成
這幾年越來越傾心於家國天下了）
他被這個西施再現的女子
深深的迷惑
這個捨身救國的女子
是一個秋瑾般的義士
七天七夜她極盡所能
（天地萬物日月精華
也紛紛趕來助她）
和某大大做愛


天昏地暗　神州停擺


她
邊做邊給他講解民主憲政
她在進行中會停下來問他
大大你舒服嗎
還想不想要我
你在聽我講嗎
你要是像蔣中正的公子那樣
（你不也是某公子嗎）
用專制結束專制

實現咱們國家的民主轉型
我讓大大天天舒服到天上
比你做核心做皇帝還舒服
某大大繼續抽動著
心想老子上當了
這個壞女人

此生難料
世事無常
身在廟堂
心在江湖
倒在石榴裙下
人民當然需要這樣的石榴裙
因為這個國家真正意義上的
男人差不多絕種了

他考慮了九九八十一天
召開了政知局常委會議
決定正式啟動
某國民主憲政轉型
第二天全國人民上街
歡呼聲驚天動地
一女子含笑飲彈自盡。

2016.11.28 海南

## 中國民主憲政轉型的九種可能性　之四

呵佛大學畢業生某明澤

2017年秋天的某一天
南中海瀛臺　吃完晚飯
涼風習習
日理萬機的某大大
女兒也難得和他聊一回天
今天聊的正好是天大的事

女兒開門見山
其實吧
只有我應該叫您大大
天下人叫大大是不對的
叫天下人叫大大更不對
您天天口口聲聲中國夢
言必稱中華民族的偉大復興
（王寧滬這樣的投機小人
您還當寶貝用著　他就是姜家
豢養的一條狗而已
明眼人早看透了　您卻看不清
那個劉鶴也是個地道的二貨）

但您就是拒絕民主憲政
那不是真愛國家
那是禍害中華民族
如果並非真愛吾國吾民
您也不必再愛我

當時明月在
曾照彩雲歸

大大您別傻了
我一個呵佛大學畢業生
怎麼會愚蠢到擁護獨裁專制
我已經忍了四年多了
人民也忍了你四年多了
即使你是我爸
好好想想吧爸
放眼世界
還有幾個獨裁政權
現在都什麼年代了
獨裁專制那套太Low了
你不搞民主憲政轉型
水能覆舟您知道吧
人民很快就會起來反抗你
我也將不再是你的女兒

我要做民主的女兒
不做獨裁的女兒
卡斯特羅的女兒當年逃到美國
我要留在自己的國家
見證中國人的民主之路


呵佛和清華確實不一樣
啊！
如果我女兒和我一樣
那書豈不是白念了？
我和卡斯特羅當然也不一樣
如果國家轉型和愛女兒
並行不悖
何樂不為？
為什麼不順應歷史潮流？
難道等著挨刀？
64那年我也同情過學生
（尤其是那個令人難忘的女生）
難道我只配做一隻包子
被人民譏諷？
我要讓全世界
大跌一回眼鏡
我的寶貝女兒

家祭勿忘告乃翁

800年過去了
沒想到我還有機會
和辛棄疾老先生
同吟這句偉大的詞
雖然我喜歡的是紅樓夢
這說明我也很偉大光榮正確
啊　歷史真是驚人的相似！

於是這成為中國民主憲政
轉型的又一種可能。
人民感謝某明澤
如果她
參加轉型後的新中國總統選舉
估計會像韓國的朴謹惠
女承父業。

【我要請你們原諒我單純幼稚可笑的意淫　我想像人
民實在是太想那個大權在握的人　某一天他恍然大悟
　　做夢般開始啟動吾國的民主憲政轉型　這才是真正
的中國夢啊　此是天賜之時　人為的耽誤錯過喪失天
賜良機　將是中華民族的災難　天地良心　他大大啊
　　大善大惡就在一念間　他要是啟動民主憲政轉型
別說大大　我叫他爺爺！！】

2016.11.28 海南

## 中國民主憲政轉型的九種可能性　之五

其心的叮囑或遺囑

她今年90高齡了
她是某大大的母親
明年秋天的一個黃昏
她和她的瓶兒在院子裡聊天
媽這一生也是看著
共產黨怎麼走過來的
媽還不知道它們什麼德性？
你爸爸忠誠這個黨和國家
也被迫害了整整16年
我們一家人
打從你和遠兒小時候起
就一直聚少離多
解放後剛過幾年好日子
黨內一個老陰謀家
（你爸在延安就知道他是個壞人
但毛主席需要他）
說你爸利用小說反黨
也是一大發明
毛澤東就信了

他們在你剛上臺的時候
拿什麼中國夢忽悠你
你也信了
瓶兒呀　不是媽說你
做什麼不好偏要做夢呀
應該為老百姓踏踏實實做事
當年廣東的改革開放
是你爸一手搞起來的
你爸做事多踏實呀
（現在你每天開會每天講話
累不累呀　有很多話都是廢話
我一個老黨員早看清楚了
我黨我國的很多事毀就毀在
空話慌話廢話太多）
批判你胡叔叔的黨內生活會上
你老爸曾經拍案而起
拂袖而去
當年有幾個人有這樣的勇氣
就像現在全世界也沒幾個人
敢和你拍桌子吧
你爸他當年就敢
這才是真正的好男兒
你老爸不僅正直而且善良
一輩子從來沒有整過人

（你現在抓了那麼多人

壞人是應該抓

但千萬別冤枉了好人）

你媽這一生雖然與世無爭

但也顛沛流離了大半輩子

這麼多年能在嶺南安享晚年

也是你爸生前積了點兒功德

媽老了但媽不糊塗

媽對你們北京的事

有所耳聞略知一二

瓶兒呀

為什麼現在有那麼多老百姓

說你像個包子

你爸年輕的時候可是很英俊啊

為什麼你就是不搞民主憲政？

是條件還不成熟嗎

共產黨當年打天下

條件比今天不是更差

搞它個昏天黑地

現在可是天賜良機

瓶兒呀

你可千萬別錯過

這天大的機會

這可是青史留名的大事

老百姓會永遠記住你
（司馬遷老先生也會再活五百年
就為把你寫入史記）
你要不搞民主憲政
媽死不瞑目啊
（媽年輕的時候
就嚮往民主自由
毛主席在延安的時候
還喊過美國民主萬歲
可惜49年以後都變了）
我的兒　你就看著辦吧
她知道她的瓶兒是個孝子
所以下狠心為人民
給她兒子撂下了一句狠話

這成為中國民主憲政轉型的
又一種可能。
人民感謝其心老太太
她年紀有些大了
要不她參加轉型後的
新中國總統大選
贏的可能性也會很大

2016.12.03 海南

# 中國民主憲政轉型的九種可能性　之六

臺灣不是不可以回歸

2020年
臺灣舉行全民公投
通過一項決議——
大陸正式啟動民主憲政轉型
十年後進入較為穩定期
臺灣可以在2030年正式回歸
完成兩岸的統一

兩岸統一
是中華民族的最大福祉之一
標誌著中華民族的偉大復興
臺灣做出了歷史性的選擇
為中華民族的偉大復興邁出了
勇敢的第一步

大陸方面會怎麼說？
拒絕以先決條件統一
兩岸統一必須是無條件的
分離了一百多年

普世價值觀的民主體制
和黑暗落後的專制體制
兩種對立體制下的
兩個獨立政體
無條件的統一斷無可能

國際社會紛紛表示
大陸要正視更要珍惜
臺灣的民意
這是兩岸統一的天賜良機
也差不多是最後的機會了
大陸如果拒絕
其實就是拒絕統一
國內民眾大規模上街遊行
要求現政府接受臺灣的公投決議

這成為中國民主憲政轉型的
又一種可能。
這是歷史的潮流大陸別無選擇
大陸人民感謝臺灣人民
轉型後的新中國第二任總統
很可能由臺灣籍的新中國人
當選

2016.12.13 海南

## 中國民主憲政轉型的九種可能性　之七

寧滬王良心發現

2018年冬天的一個早晨
操完了一個中南海機要室的娘們兒
他坐在沙發上
那上海娘們兒還在用喉舌侍候著他
他抽著一支卡斯特羅送給他的雪茄
有那麼一瞬間
他終於良心發現了
十八年後
侍候了三任皇帝之後
由人變成太監後
他終於厭倦了自己的角色
畢竟曾經是讀書人
本色還在只是蒙塵多年
老二也還在褲襠裡晃蕩

他推開那個通體透明雪白的女人
摸了一下她的頭髮
鼓起吃過奶的勇氣
用紅色座機打電話給某大大
組長　我要過去和你談談

與君一席談勝讀十年書
那些書單曬得太丟人現眼
尤其缺一本《歷史的終結》

他汗如雨下
只是重複一句話
民主確實是世界潮流
也是歷史的終結
誰也逃不過。
福山*也許可以為我們背書
但他也改變不了什麼
這正是他的聰明之處
不拿白不拿，
一個即將崩潰的政黨主動送上美元給一個
美國人。
他可以修正他的理論　在我們垮臺以後
他也可以說出真相
洗涮我們用東方人情世故和銀子
軟磨硬泡強加於他的恥辱

是天意
天意從來高難問
某大大聽慣了阿諛奉承
這一回身邊的人

終於冒出來一個人像個人樣
敢於說出自己的真實想法

或許他說的真是真理
他竟然敢冒著殺頭的危險
毛大爺身邊還有田家英
我身邊委屈求全的這些人
也有很多
原本光明磊落的讀書人啊

這成為中國民主憲政轉型的
又一種可能。
人民感謝寧滬兄捨身成仁
他的兒子如果參加轉型後
新中國的總統大選
我會投下莊嚴一票

*全球著名的日裔美籍政治學者，著有《歷史的終
　結》等，其最近修正自己的某些理論說法，似為某
　黨背書，非常罕見和蹊蹺。

2016.12.13 海南

## 中國民主憲政轉型的九種可能性　之八

盆媽媽愛上一個公民

臉圓圓的
喜興的有點兒像個
鄉村嫁妝陪送的臉盆
或一整張東北玉米大餅
人民親切地稱呼她
盆媽媽
聲音黃河般嘹亮
主旋律從她的嗓子眼
泉水般噴湧而出
我85歲的老娘都誇她
一看就是滿臉幸福
她幸運的做了灰姑娘
這當然是命中註定
就像她一人之下
萬人之上
卻陰差陽錯愛上了一個
鼎鼎有名的公民
這個公民叫民主憲政
也是醉了

也是命中註定
與其說是愛給了她勇氣
不如說是
她自己給了自己勇氣
對老百姓樸素的愛
來自於齊魯那片大地
她的內心依然是
一片冰心在玉壺
和小時候紮著兩條大辮子的
那個小姑娘沒什麼兩樣

他大大
我就是想體驗一下
民間疾苦而已
我們下去的時候
能看到的都是你的手下
事先準備好的場景
你以為你在忽悠他們
其實他們都在糊弄我們
但那個人和我講真話
講天下關於你的笑話
（從古至今
人民兩大愛好就是操逼
和取笑挖苦朝廷）

我們在紅牆黃瓦內
基本上就是睜眼瞎
和有耳朵的聾子
當年我們結婚的時候
是你發誓要一輩子
為人民服務
我才進了洞房的，
他大大？
君　無　戲　言　啊
你上臺以後這些年
到底在想些什麼幹些什麼
我是越來越看不明白
你的人民也越來越覺得霧裡看花
我一個婦道人家
跟著你是很風光
但我們不能自己享福忘了本
忘了初心忘了人民
你為什麼就是不搞
民主憲政？
你究竟在害怕什麼？

他內心強悍
但偶爾也會柔軟一下
家裡人和身邊人

都著了魔似的勸我搞
民主憲政
我為什麼就是不搞？
我究竟在怕什麼？
如果我搞了民主憲政
我和我的家人能不能
爭取到豁免權？

他大大　你放心
我會永遠愛著你
你啟動民主憲政轉型
那才應該是你的中國夢
中國人也會永遠愛你
如果不搞民主憲政
我們的命運未卜先知

這成為中國民主憲政轉型的
又一種可能。
某大大終於良心發現
人民給了他們豁免權
轉型後的新中國政府安排
他們在海南島安度晚年
那裡遠離政治中心
也沒有霧霾

和一個曾經罵他不搞
民主憲政的詩人近在咫尺
也許可以一起喝喝茶
也可以互相對罵

2016.12.14 海南島

## 中國民主憲政轉型的九種可能性　之九

一切皆有可能

某國和平和轉型的時機
正在一分一秒的流逝
就像一個垂死者的血液
一滴一滴的流失
最有可能的是
上述可能完全沒有任何可能
只有等待著一場革命
等待著一聲槍響

槍響之後
只有上帝說了算
現在信神也許還來得及
這片無神
但魔鬼遍佈的土地。

2016.12.25 海南島

時代記憶
——寫給十九大的十九首詩
（未完篇）

# 一、一切都是剛剛開始

「河南人　60多歲
禿頭　普通話不會講
還冒充美國人」

誰也沒想到
這麼一個人
似乎成了
十九大能不能開好
的
關鍵少數人之一

他
是這麼自吹自擂的
我呢
也認為有一定道理

他反來複去向天朝
重複的
其實就是一句咒語
一切都是剛剛開始

他還威脅以
性愛視頻
嚇死某個組織

他將名垂青史
還是臭名遠揚

現在看來要取決於
一個外星人
馬雲\*。

\*據中年英俊的流亡富商郭文貴說，馬雲在美國重金
雇凶意圖殺其滅口。

2017.09.09

# 二、某國和朝鮮

三胖的導彈
暫時射完了
10月17號或18號
他會射精
小雞雞朝西
把鮮血凝成的友誼

還給
落選某黨十九大代表
的
毛新宇同志

2017.09.09

# 三、共和國的私生子們

以生殖器治國
還是
依法治國？

烏托邦共和國的
私生子們
滿世界飛

787夢想飛機
19大之前還可以飛向自由
趙家的夢想早已成真
趙國人可以繼續做夢

海子裡的袞袞諸公，
烏有共和國的董事們

為什麼你們
人人富可敵國
你們本來應該是
我們的公僕
現在卻是人民的祖宗

老百姓的血汗錢
股市災難的25萬億
拐了幾個彎
怎麼最後都到了你們
私生子女海外的帳戶

你到底是
依生殖器的去向
盜國
還是依法治國？

2017.09.11

# 四、某人說某國

「現在的某國
差不多就是
1930年代的德國」

「它在一個拐點上
可以走這條路
也可以走那條路」

「年輕一代
如此簡單無知的愛國
幾乎就是極端民族主義」

領導人還在搞
東方希特勒那一套

第二次世界大戰
就是這樣一步一步開始的

第三次世界大戰
也許會重蹈覆轍

某人這樣說某國
如此這般
清晰明智前瞻的判斷

看看某國如何回應
是發射一枚洲際導彈

還是裝模作樣的說
帝國主義亡我之心不死

還是用
GDP百分之十四的維穩費
收買全世界

死豬不懼開水燙
結果是屁也沒放一個

2017.09.12

## 五、時代最強音

「搞幾噸錢
玩幾個娘們兒
算什麼腐敗」

「中國沒有人能看懂
海航」

「菲律賓和馬來西亞
還有老撾
百分之百聽我的」

這些聲音太牛逼
堪稱
某國
時代的最強音

時代的最強音
在天朝這片土地上
常常出自
某些竊國者的褲襠
堂堂大國的盜國賊
其實也無非是幾個
惡棍　小偷和怯懦者

總會有那麼
一個時間節點
也是歷史的節點
有幾個人覺悟了
還是
那幾噸錢　那幾個娘們
那幾個國家
不幹了
說不幹就幹了

時代最強音
隨之成為笑話

一小段歷史又一次
灰飛煙滅
像一支煙抽完了

2017.09.15

# 六、柱子哥哥和芳子妹妹<sup>*</sup>

我的柱子哥哥
我的瓶子哥哥
一個頭戴鋼盔
一個頭頂綠帽

至於我呢
芳子妹妹是
一個剛烈的女子

柱子哥哥喜從後入
芳子妹妹寧死不從
剛烈就變成肛裂
權力天生喜走後門

芳妹子欲拒還迎

前面哼哼著

英雄的讚歌

後面流著鮮豔的血

為了春晚上獨唱

美麗的中國夢

歌女獻出了後庭花


瓶子哥哥最可憐

不過是幫柱子哥哥

代為持有我而已

他身許家國心許我


女人也可以代持

還是盜國賊們花樣繁多

好好玩吧

不要辜負了

這個爛得不能再爛的國家

和

這個好得不能再好的時代


在19大召開的間歇

在大會堂走廊的拐角處

柱子哥哥和芳子妹妹
可以再來一次最後的瘋狂

這個國家和這個時代
待你們確實不薄
十四億人
像豬狗一樣被你們圈在圈裡
芳子妹妹啊
你是我中年豬圈裡
完美中的遺憾
唯一的憂傷

我也喜歡你啊
可惜好菊花都讓豬拱了
一頭姓夢的公豬
讓我們的芳芳從
後面流下了鮮血
共和國國旗般鮮豔。

*該詩的故事背景需要參考，郭文貴先生的海外曝料。

2017.09.23

# 七、馬雲\*太醜了

上帝造人時太累了
讓手下代勞

這也太醜了吧
怎麼弄出來的

他皺了一下眉頭
把一袋碎銀子

和這個小個醜男
一起扔到了杭州

他從地上爬起來
折騰了十幾年
發了財

授意媒體
說他本是外星人

他過去只是臉醜
現在看他什麼都醜
從臉到心

從小矮人勵志醜男
到新晉的文藝男神
從馬雲到趙高
他已成功轉型。

*馬雲：中國首富，近期醜人多作怪，給公眾添堵，支
　持六四屠殺，坊間傳言，其又為虎作帳助紂為虐。

2017.11.14

# 八十年代詩三首

注：張鋒20世紀八十年代詩三首，被稱為下半身詩歌寫作的代表作。

## 一、在政府機關，一個人懷才不遇，久而久之就墮落了。

整黨結束了
黨風卻沒有完全好轉
照常上班
看完報紙後依然無事可幹

無事則生非
回頭看看
左右看看
女同事頗有幾分性感
幹麼不同她玩玩
想辦法同她玩玩
轉著這個墮落的念頭
一個上午很快就完了

原來她和我一樣渴望
墮落！下午一上班我
就和她打情罵俏好不痛快
不過看得出來，她
還有些理智要等到明年

才能丟掉。所以
故事的結局是這樣的

她抓住我伸過來的手
一本正經地說
調情可以
耍流氓可不行
我丈夫就在樓下

這真是出人意料
我只好悻悻回家
我想我大概是墮落了
可別人還沒有

# 二、星期六下午的美國夢和 黨風問題

星期六的下午
昏昏沉沉
寫完幾封情書
叼一支進口香煙
對著一本畫報發呆
想著想著

想去美國試試運氣
拿個博士回來

再順便看看
好萊塢這個性感明星
也許會愛上他這個
中國文學士
他真是異想天開

星期六下午
別人都去整黨
他不是黨員
就去看海
在海邊
想一想遠方的情人
再睡上一覺
回來以後
經過整頓
黨風已經根本好轉
也就不用去美國了。

*這兩首都是大約寫於1986至1987年左右，海南，
 彼時中國共產黨在整黨整風。

## 三、你和一個陌生女人同時上廁所

一間公共廁所
旁邊是一棟社會主義大廈。
你走進去
看見她從那幢大廈
走出來也走進去。
一牆之隔
你和他同時
退下褲子和裙子
兩岸便有聲音
淅淅瀝瀝
你知道這很無聊
可你情不自禁
讓它嘀嘀噠噠的入詩。
你完了走出來
看見她也走了出來
她是不是有點臉紅
你並不確定。

1987.10.10 海口

語言文學類　PG2005　秀詩人26

# 獻給孩子們的詩和遠方：
## 張鋒詩集

作　　者／張　鋒
責任編輯／林昕平
圖文排版／周妤靜
封面畫家／David D'or　個人網站：www.daviddor.com
封面設計／楊廣榕

發 行 人／宋政坤
法律顧問／毛國樑　律師
出版發行／秀威資訊科技股份有限公司
　　　　　114台北市內湖區瑞光路76巷65號1樓
　　　　　電話：+886-2-2796-3638　傳真：+886-2-2796-1377
　　　　　http://www.showwe.com.tw
劃撥帳號／19563868　戶名：秀威資訊科技股份有限公司
　　　　　讀者服務信箱：service@showwe.com.tw
展售門市／國家書店（松江門市）
　　　　　104台北市中山區松江路209號1樓
　　　　　電話：+886-2-2518-0207　傳真：+886-2-2518-0778
網路訂購／秀威網路書店：https://store.showwe.tw
　　　　　國家網路書店：https://www.govbooks.com.tw

2018年3月　BOD一版
定價：340元
版權所有　翻印必究
本書如有缺頁、破損或裝訂錯誤，請寄回更換

國家圖書館出版品預行編目

獻給孩子們的詩和遠方：張鋒詩集 / 張鋒著. --
一版. -- 臺北市：秀威資訊科技, 2018.03
面；　公分. -- (語言文學類)(秀詩人 ; 26)
BOD版
ISBN 978-986-326-527-6(平裝)

851.486　　　　　　　　　　107000561

# 讀者回函卡

感謝您購買本書,為提升服務品質,請填妥以下資料,將讀者回函卡直接寄回或傳真本公司,收到您的寶貴意見後,我們會收藏記錄及檢討,謝謝!如您需要了解本公司最新出版書目、購書優惠或企劃活動,歡迎您上網查詢或下載相關資料:http:// www.showwe.com.tw

您購買的書名:_____

出生日期:_____年_____月_____日

學歷:□高中 (含) 以下　　□大專　　□研究所 (含) 以上

職業:□製造業　□金融業　□資訊業　□軍警　□傳播業　□自由業
　　　□服務業　□公務員　□教職　　□學生　□家管　□其它_____

購書地點:□網路書店　□實體書店　□書展　□郵購　□贈閱　□其他

您從何得知本書的消息?

　　□網路書店　□實體書店　□網路搜尋　□電子報　□書訊　□雜誌

　　□傳播媒體　□親友推薦　□網站推薦　□部落格　□其他_____

您對本書的評價:(請填代號　1.非常滿意　2.滿意　3.尚可　4.再改進)

　　封面設計____　版面編排____　內容____　文╱譯筆____　價格____

讀完書後您覺得:

　　□很有收穫　□有收穫　□收穫不多　□沒收穫


對我們的建議:_____

_____

_____

_____

11466
台北市內湖區瑞光路 76 巷 65 號 1 樓

## 秀威資訊科技股份有限公司 　　收

BOD 數位出版事業部

.............................................................................

（請沿線對折寄回，謝謝！）

姓　　名：＿＿＿＿＿＿＿＿＿　年齡：＿＿＿＿　性別：□女　□男

郵遞區號：□□□□□

地　　址：＿＿＿＿＿＿＿＿＿＿＿＿＿＿＿＿＿＿＿＿＿

聯絡電話：(日) ＿＿＿＿＿＿＿＿＿＿ (夜) ＿＿＿＿＿＿＿＿＿＿

E-mail：＿＿＿＿＿＿＿＿＿＿＿＿＿＿＿＿＿＿＿＿＿